Serie Bianca Feltrinelli

Giuseppe
Vitale

ROBERTO SATOLLI
GINO STRADA

ZONA ROSSA

Con la testimonianza di Fabrizio Pulvirenti

Prima edizione in "Serie Bianca" giugno 2015

Stampa Grafica Veneta S.p.A. di Trebaseleghe - PD

ISBN 978-88-07-17294-6

FSC
www.fsc.org
MISTO
Carta
da fonti gestite in
maniera responsabile
FSC® C021883

Ringraziamo Michela Gallio, Patrizia Pasqui, Michele Bellone, Chicco Elia, Elena Giovanella, Rossella Miccio, Simonetta Gola e Cecilia Strada per le informazioni, i suggerimenti, le correzioni e tutto l'aiuto che ci hanno dato nella stesura del libro.

Zona rossa

La scorsa estate i quarantacinque gradi del Sudan mi erano sembrati più tollerabili del solito, preludevano finalmente a una vacanza. Una occasione rara, attesa a lungo, ero stanco e ne sentivo il bisogno. All'arrivo in Italia mi aspetta una settimana di riunioni: in Afghanistan gli attentati (e i feriti) si moltiplicano, in Iraq dobbiamo aprire un nuovo campo per i rifugiati in fuga dalle zone del paese sotto attacco dell'Isis, in Sierra Leone il ministero della Sanità chiede a Emergency di allestire un centro di isolamento per i casi sospetti di Ebola, in Repubblica Centrafricana riprendono i combattimenti nei pressi del nostro ospedale.

Ma i giorni scorrono veloci, e la Sicilia e la splendida Salina sono sempre più vicine. Giorni (pochi) di sole e di pace, tra le coccole di Carla e della zia Maria, tra fiori di zucca e caponi alla brace, erbe selvatiche, marmellate e malvasia, tra qualche libro e tanto sonno.

Poi, la telefonata di Luca, che coordina il nostro progetto in Sierra Leone, mentre cammino lento sul molo di Rinella fissando gli scogli come facevo da bambino, cercando invano di scorgere grandi pesci o tesori di antichi pirati.

"Gino, uno dei nostri ha avuto febbre alta nella notte, gli abbiamo fatto un prelievo di sangue per la PCR, tra qualche ora avremo il risultato."

Poi la sentenza: "Positivo, ha l'Ebola".

Organizziamo una teleconferenza con la Sierra Leone: come è potuto succedere? Che cosa facciamo? Come possiamo proteggerci? Dobbiamo andarcene? Nel team c'è molta preoccupazione, un misto di paura, scoramento e impotenza. Sacrosanto, inevitabile, umano. Vacanza finita, si va in Sierra Leone.

Vi sono cadaveri per le strade, la radio invita a non toccare i morti. Emergency si trova, per la prima volta, a confrontarsi con una epidemia. Il piccolo centro di isolamento, aperto da poco a Lakka, è sempre stracolmo di pazienti, fuori dai cancelli persone accasciate a terra, in attesa di un letto libero, o di morire durante la notte.

Lakka è un inferno di caldo e polvere, un intreccio di tende e recinzioni metalliche squassato dai temporali della stagione delle piogge. In questi primi giorni i pazienti muoiono spesso, troppo spesso, senza che riusciamo a capire il perché. Frustrazione, rassegnazione, impotenza: è una sorta di incubo che rischia di diventare paralizzante. Che cosa possiamo fare per queste persone, perlopiù giovani, spesso bambini, che ci muoiono davanti agli occhi in pochissimi giorni?

In una riunione di coordinamento, funzionari del ministero della Sanità, dell'Oms, dei centri americani di prevenzione e controllo, di organizzazioni umanitarie, medici militari e non meglio precisati "esperti" discutono su come gestire questa devastante epidemia. Esco dall'aula un'ora dopo, ho bisogno urgente di fumare, di smaltire l'indignazione per le cose che ho sentito.

"No touch care", si raccomanda di curare i pazienti senza toccarli. Spesso si disidratano per la diarrea e il vomito, e rappresentanti di un'organizzazione considerata "una autorità" in materia sostengono che "le infusioni endovenose di liquidi sono proibite". Non ci posso credere, mi viene in mente il reato di "omissione di soccorso", aggravato dal fatto che siamo medici e che siamo venuti in Sierra Leone per curare pazienti. O no?

Così alla frustrazione si aggiunge la voglia di ribellione. Ma dove siamo finiti? Stanno proponendo di organizzare luoghi di cura o campi di concentramento?

Rientrando a casa quella parola, “prohibited”, mi tormenta. Anzi mi irrita profondamente: ma con che coscienza, con che etica professionale si permettono di fare affermazioni senza alcun fondamento scientifico, di proporre una “gestione dei casi clinici” (qui si chiama così, “case management”) che nulla ha a che vedere con la medicina?

La sera sono di pessimo umore. Riesco a ritrovare un po’ di serenità solo rileggendo *La peste* di Albert Camus. Forse i lucertoloni che a Lakka si aggirano tra le tende e sotto i letti dei malati mi hanno ricordato i topi di Orano, la città algerina – a quei tempi colonia francese – dove è ambientato il romanzo. Ma qui non c’è il dottor Bernard Rieux, non ne trovo traccia nei discorsi dei medici né dei funzionari che trascorrono il tempo fra stendere resoconti del meeting precedente e preparare l’agenda per il successivo. Ne abbiamo parlato nel team, a lungo. Una discussione non facile: è ancora troppo vivo il ricordo recente del nostro collega che si è ammalato (e non abbiamo mai capito come) lasciando uno strascico di paura in tutti noi, ma alla fine abbiamo trovato una sintonia profonda nel rifiutare radicalmente quell’approccio. “Not in our name,” ha detto qualcuno, Emergency non ci sta, la medicina va praticata, non vietata, i pazienti vanno curati, non semplicemente “isolati”.

Gino Strada

Al principio dei flagelli e quando sono terminati, si fa sempre un po' di retorica. Nel primo caso l'abitudine non è ancora perduta, e nel secondo è ormai tornata. Soltanto nel momento della sventura ci si abitua alla verità, ossia al silenzio.

Albert Camus, *La peste*

La sfida a Ebola, la sfida di Ebola

Questo libro racconta l'epidemia di Ebola in Africa occidentale, come l'hanno vissuta gli autori stando in Sierra Leone, da quando è esplosa a quando ha cominciato a spegnersi.

Non è un saggio asettico sugli effetti e sulle implicazioni scientifiche, etiche, politiche, economiche e organizzative che l'evento ha prodotto, ma non è neppure un romanzo sull'onda retorica degli "Ebola fighters" italiani e stranieri, sui molti che hanno scelto di portarsi in prima linea mentre il resto del mondo pensava solo a chiudere le porte di casa.

È una storia, non la storia dell'epidemia. Una storia soggettiva e parziale, ma scritta in presa diretta. Perciò è raccontata "qui e ora", cioè sempre al tempo presente, via via che si svolge, e dai luoghi dove le cose accadono, in prima persona, plurale e singolare. Dietro il *noi* della voce plurale che riporta e commenta gli avvenimenti collettivi ci sono Gino e Roberto. Dietro l'*io* singolare che narra la vicenda della malattia c'è la voce di Fabrizio.

In un certo senso la storia di questo libro comincia cinquant'anni fa in un liceo di Milano, dove Gino e Roberto sono stati compagni di banco fino alla maturità. Sono gli anni della vita in cui gli scambi di pensieri e giudizi sono profondi al punto da non saperne distinguere la paternità. Poi entrambi si sono iscritti a Medicina e hanno cominciato a esplorare, ciascuno per proprio conto, tutti i possibili modi contemporanei di fare l'antico mestiere di medico: dalla clinica alla politica, dal giornalismo al volontariato, dall'etica alla ricerca, per arrivare a capire che alla fine si tratta sempre di impegnarsi a non subire e non rifiutare la malattia e la morte.

Le vicende di vita e professionali di Roberto e Gino si sono allontanate e riavvicinate più volte, prima e dopo la nascita di Emergency, fino a che la sorte, sotto forma di un minuscolo oggetto che prende il nome di "virus Ebola", li ha richiamati perentoriamente a lavorare ancora una volta insieme, in Sierra Leone, contro un'epidemia micidiale. E a cimentarsi anche in una missione impossibile: impiantare e condurre con rigore scientifico lo studio di una possibile cura contro Ebola, nel bel mezzo dell'infuriare stesso dell'epidemia.

Al loro fianco, insieme a molti altri medici e infermieri di Emergency, c'è anche Fabrizio, medico siciliano, la cui voce nel racconto entra in prima persona quando si scopre malato. È come l'assolo di uno strumento in una sinfonia, o come un agente lanciato nel campo avverso, che consente alla narrazione di assumere una dimensione in più, che prima mancava. Che cosa si prova a passare dalla condizione di chi cura a quella di chi sta male e può morire?

La necessità di fissare sulla pagina questa storia si è imposta agli autori al di fuori della loro volontà, perché la parabola dell'epidemia con cui il virus Ebola ha imperversato per un anno in Africa occidentale deve essere conosciuta e ricordata, pena la condanna a essere rivissuta in futuro. È un evento di fronte al quale nessuno può mandare a dire: "Per chi suona la campana?". Questo racconto parla di noi, della certezza che dobbiamo morire, e di come possiamo esserne consapevoli senza perdere per un solo momento il piacere di essere vivi.

L'epidemia di Ebola del 2014 non è un episodio qualsiasi nell'avvicendarsi delle malattie e delle pestilenze che da sempre affliggono l'umanità. Nel bene e nel male è una svolta per la medicina, per l'Africa, per il globo intero con tutte le sue complesse interconnessioni. La sfida è stata lanciata dal virus, che è uscito dalla foresta, ha aggredito un bambino di due anni che giocava sotto un albero infestato di pipistrelli, e da lì è dilagato, fino a conquistare un'intera regione del continente africano e a tenere in scacco e gettare nel panico per mesi il mondo intero.

La storia del libro inizia nell'ottobre 2014, ma va raccontata e ascoltata tenendo a mente quello che è successo agli abitanti di quei luoghi, in relazione col mondo occidentale, negli ultimi secoli: dalle prime deportazioni di schiavi, alle liberazioni, alla dominazione coloniale, alle guerre civili, fino al più recente sfruttamento neocoloniale. Va raccontata e ascoltata mettendo sul tavolo la questione della separazione tra uomo bianco e uomo nero che tutte le vicende precedenti hanno incrostato di rancore e pregiudizio, insieme all'idea balorda di razza umana.

Per dimensioni ed estensione questa è la prima vera epidemia di Ebola, gli episodi che l'hanno preceduta negli ultimi quarant'anni erano focolai o poco più. È la prima volta che la medicina contemporanea guarda finalmente in faccia una malattia tuttora sconosciuta, e prova a curarla e a fare ricerca in corso di epidemia, una cosa mai tentata prima. Dopo questa prova, nonostante i fallimenti siano più pesanti dei successi, la medicina non sarà più la stessa. Dovrà ripensare tutti i suoi fondamenti di conoscenza ed etici, per rispondere anche a una domanda cruciale: la scienza medica ha verso un malato di Ebola in Africa gli stessi obblighi che ha verso i malati trasferiti nel Nord del mondo?

Ogni epidemia è un'occasione imperdibile per far progredire le conoscenze. Non c'è in gioco solo la comprensione del rapporto di questo virus, o dei virus in generale, con l'uomo e con gli altri possibili ospiti. Per capire come il virus uccide, occorre studiare a fondo i meccanismi cellulari e i sistemi generali del vivente, con ricadute a cascata su tutto il sapere biologico e medico. Per di più la scienza e la ricerca devono fare i conti con regole e metodi su cui nell'emergenza occorre saper fare eccezioni ragionate, senza perdere di vista i motivi per cui quelle regole e quei metodi continuano a essere indispensabili.

La storia finisce nel febbraio 2015, quando i casi diminuiscono fino quasi ad azzerarsi. È un finale aperto, nessuno sa davvero che cosa succederà poi. E comunque i fili invisibili che collegano ogni cosa nel villaggio globale fanno sì che nessuna catastrofe possa essere considerata un incidente locale, senza effetti su tutto il resto anche a grande distanza di tempo e di spazio. L'economia, la politica, gli equilibri di potere, nulla sarà come prima dopo questo evento africano.

La vicenda corale è fatta di molti accadimenti individuali, ciascuno dei quali può essere l'estinzione o l'origine di un intero mondo per l'interessato. Fabrizio è guarito, ma altri diecimila come lui non hanno potuto conoscere la fine di questa vicenda. La consapevolezza della fragilità umana e la prospettiva certa del limite della morte, vicina o lontana, compresa o incompresa, accettata o rifiutata, sono l'essenza del mestiere di medico e di uomo. Ed è anche l'unica che ci consente di essere tutti veramente uguali: poveri o ricchi, sapienti o ignoranti, neri o bianchi.

Roberto Satolli
Gino Strada
Fabrizio Pulvirenti

1.
L'arrivo

Ottobre 2014

I buoni motivi per investire in Sierra Leone, leggiamo appena atterrati sui pannelli pubblicitari luminosi all'aeroporto.

"Dovrebbero toglierli, quei cartelli," commenta l'autista che è venuto a prenderci, mentre ci accompagna verso la Toyota con il simbolo rosso di Emergency. "Per come stanno le cose ora, sembrano una presa in giro."

I cartelli sono il *prima*. Il *dopo* è tutto attorno a noi. *Ebola in town.* Ebola in città. E nelle campagne, e sulle spiagge deserte. Mentre attraversiamo Freetown diretti al Centro di Emergency a Lakka, il nome del virus che uccide è ovunque. È scritto sui muri, campeggia su cartelloni imponenti accanto alle foto di personaggi noti nel paese, che sono morti a causa sua rendendolo più vivo che mai. *Ebola in town* è il titolo della canzone che hanno dedicato al virus Shadow, D12 e Kuzzy of 2 Kings, tre notissimi rapper liberiani.

Allarmismo? Sfruttamento commerciale di un'emergenza sanitaria e umanitaria? Niente affatto. La campagna di informazione e prevenzione per cercare di bloccare l'epidemia passa anche da qui. *Ebola esiste, ha colpito anche loro*, dicono i cartelloni. Ma in un paese come questo (e come le vicine Liberia e Guinea), dove il tasso di analfabetismo è tra i più elevati al mondo (60 per cento), la melodia orecchiabile dei rapper è il modo migliore per diffondere presso un pubblico più vasto possibile la consapevolezza che l'emergenza esiste e i principali consigli per tentare di evitare il contagio.

I concerti, che attiravano migliaia di giovani, sono stati vietati dalle autorità, perché i raduni affollati sono un rischio, per cui il messaggio dei rapper arriva ormai solo dalle radio nazionali. Non sarà precisissimo né esaustivo ma almeno è chiaro: "Don't touch," ripete la canzone. Non toccate, non baciatevi, sorridetevi da lontano. Il pericolo è reale.

La prima difficoltà, infatti, è far capire questo: Ebola è una realtà, non un'invenzione dei governi per ottenere soldi o sterminare rivali. In molti hanno creduto alla teoria del complotto, in troppi ci credono ancora. Questo ha rallentato enormemente le misure di prevenzione all'inizio dell'epidemia.

"Il governo poi si è mosso come una lumaca," commenta l'autista. "Avevano paura che gli investitori stranieri scappassero."

"Investitori! Certo, quelli del cartello in aeroporto."

"E quando finalmente hanno fatto qualcosa, la gente aveva più paura dei centri di cura che di Ebola."

"In che senso?"

"'Ti portano lì, ti infilano un ago nel cuore e muori,' dicevano." L'autista scuote la testa. "Altro che informazione e prevenzione!"

Di incidenti, racconta, ce ne sono stati diversi, e probabilmente passerà del tempo prima di vederne la fine. Nella cittadina mineraria di Koidu, nella Sierra Leone orientale, i militari hanno dovuto imporre il coprifuoco per i disordini – che hanno provocato anche due vittime – scoppiati dopo che un team di infermieri si era presentato per visitare un'anziana con sintomi sospetti. I vicini hanno assalito i paramedici e i poliziotti che li scortavano, che hanno dovuto chiamare l'esercito per difendersi.

Quella dello stato che uccide è una metafora, per certi versi. Perché se da un lato la leggenda metropolitana delle "punture" del governo per assassinare i suoi stessi cittadini è assurda, dall'altra basta dare un'occhiata dall'esterno ad alcuni dei luoghi riconvertiti in fretta e furia all'accoglienza e cura dei malati. Campi circondati da una rete metallica, tutto attorno guardie armate, dentro fantasmi che si aggirano, smarriti, prigionieri. Lo stato non uccide, ma nemmeno rassicura.

"Se qualcuno tenta di lasciare l'area, le guardie sono autorizzate anche a sparare," ci informa l'autista.

Come stupirsi che la popolazione abbia paura a entrarvi? Tra morire in un recinto e morire in casa propria, è legittimo preferire la seconda possibilità. Solo che allora non si è i soli a morire, perché il contagio raggiunge familiari, vicini, interi villaggi. Giriamo alla larga dai poliziotti e ci dirigiamo verso la spiaggia di Lakka. Prima dell'epidemia era un'attrazione turistica, con la sabbia fine e le palme, l'immagine perfetta di un paradiso africano, sia pur deturpato dalla miriade di bottiglie e sacchetti di plastica sparsi ovunque. Ora anche stare in spiaggia è proibito e quell'immagine sembra la cartolina da un altro mondo più felice e perduto.

"Sembra di stare in un film senza colonna sonora," è il modo con cui cerchiamo di tradurre una sensazione di stranezza che ci accompagna fin dall'aeroporto. Per essere Africa mancano i suoni, i canti, le musiche, le grida. "È sempre stato così?"

"Volete scherzare?" risponde l'autista. "Qui era una caciara continua. È Ebola che ha messo a tutti la museruola."

Poco lontano dalla spiaggia il governo ha offerto a disposizione di Emergency un piccolo terreno dove è stato costruito il nuovo Centro di trattamento per Ebola.

"Sino a pochi anni fa arrivare da queste parti era un vero casino anche con le quattro ruote motrici," spiega ancora l'autista. "Non avete idea: buche, pozze, pietre enormi che venivano fuori come scogli dalla terra battuta."

Guardiamo fuori dal finestrino: la strada asfaltata che stiamo percorrendo costeggia l'oceano.

"Poi cosa è successo?" chiediamo, pur conoscendo la risposta.

"Poi è arrivato il grande piano di costruzione di nuove strade."

Infatti. Questa strada che da Freetown porta verso sud è il nostro primo incontro ravvicinato con una delle famose infrastrutture costruite da imprese straniere, e non sarà certo l'ultimo. Imprese di ogni parte del mondo, anche italiane. Dal 2000 a oggi, in tutto il continente africano sono più di 20.000 le aziende cinesi che hanno investito in Africa. Sono presenti in 50 paesi su 54 del continente nero, utilizzando sempre la stessa modalità: infrastrutture in cambio dello sfruttamento delle materie prime. La chiamano "la diplomazia del treno", ma sarebbe meglio dire "la diplomazia delle connessioni veloci". E ha dato grandi risultati economici: il 64 per cento delle importazioni cinesi dall'Africa è costituito da petrolio, carbone, rame e minerale di ferro, mentre la Cina esporta macchinari, automobili, vestiario, cioè prodotti finiti. Un giro di affari tra i paesi africani e la Cina che nell'arco di poco più di dieci anni ha portato il volume a crescere del 100 per cento, superando i 70 miliardi di dollari.

La Sierra Leone è ricca di legname e diamanti, e la Cina è interessata a entrambi. Non sono mancati momenti di tensione. Nel 2008 l'allora ministro sierraleonese per le Foreste, Joseph Sam Sesay, annunciò l'introduzione del reato di "saccheggio di legname", accusando le ditte straniere – cinesi *in primis* – del disboscamento selvaggio nel paese. I buoni uffici del governo di Pechino, e qualche chilometro di strada asfaltata in più, misero a posto le cose.

Per un assurdo scherzo del destino, d'altro canto, sono state proprio le strade costruite dagli stranieri a favorire la diffusione del contagio, come se in Sierra Leone anche un simbolo modesto di sviluppo potesse dimostrarsi letale. Le infrastrutture create sono principalmente quelle che servono per lo sfruttamento delle materie prime: strade, innanzitutto, mentre nessuno sembra aver pensato alle fogne, per esempio, o alle reti di acqua potabile. E strade più facilmente percorribili significano maggiori spostamenti e contatti: dal punto di vista della diffusione di un'epidemia, più possibilità di contagio. La vulgata vuole che il primo grande diffusore del virus in Sierra Leone possa essere stato un autista, di quelli che con i loro pulmini colorati, decorati da improbabili scritte inneggianti a Dio o ad Allah, portano in giro decine di persone stipate come sardine. Il primo grande focolaio si è registrato in un paese nella provincia di Kenema. Secondo le voci, pare che l'autista abbia condotto in città una donna e suo marito: lei stava molto male ed è morta di Ebola. Lui, dopo Freetown, ha continuato il viaggio nel resto del paese, arrivando fino a Makeni.

Verità? Leggenda? Non ha molta importanza di per sé. Ma di sicuro le infrastrutture esistenti sono la principale differenza con una serie di focolai di Ebola del passato, che iniziavano e finivano in piccole comunità rurali i cui abitanti difficilmente riuscivano a spingersi fino ai grandi centri abitati. Questa infatti non è la prima comparsa di Ebola, ce ne sono state due dozzine dal 1976 a oggi, tutte in Africa centrale: ma, data la poca mobilità degli abitanti e la relativa scarsità di scambi, si estinguevano da sole. Invece, stavolta, Ebola ha a disposizione strade asfaltate su cui correre e telefoni con cui si possono organizzare, per esempio, i funerali importanti, che riuniscono in luoghi affollati tante persone da infettare.

Mentre procediamo sul nastro di asfalto, ci diciamo che si potrebbe discutere a lungo sulla priorità di una superstrada che colleghi paesi in cui ancora mancano l'acqua corrente, le fognature, l'elettricità. Tra tutti gli interventi urgenti da fare, le strade servono più a sfruttare a fondo le risorse che a migliorare la qualità della vita.

Chissà se migliorano la qualità della guida. Qui bisogna stare attenti ai blocchi di cemento sparsi qua e là in mezzo alla carreggiata per segnalare qualche buca (un caso in cui il rimedio è peggiore del male), alle motorette che schizzano da tutte le parti suonando il clacson, spesso con tre o quattro passeggeri in sella (padre, madre, bambino piccolo in mezzo e il più grandicello dietro, sul portapacchi), a bambini e animali che attraversano senza particolari cautele.

"Attento a quelli!" Due giovani su uno scooter trascinano per terra un fascio di tre metri di tondini di ferro, come una lunga coda che emette scintille. Ma il nostro autista li evita senza scomporsi.

Il bordo della strada è quasi più trafficato della carreggiata stessa, percorso da uomini e donne che reggono sulla testa carichi ingombranti, soprattutto materiale da costruzione. Un giovane senza un braccio che porta una trave ci ricorda le atrocità della guerra civile che dal 1991, per più di dieci anni, ha insanguinato questo paese. "Manica lunga o manica corta?" era la domanda prima che il machete calasse a troncare la mano o l'intero avambraccio. Emergency è arrivata in Sierra Leone sul finire della guerra civile, aprendo a Goderich nel 2001 un ospedale che nel tempo è diventato un punto di riferimento per la chirurgia in tutto il paese. Non è mai potuta andarsene perché negli ultimi anni di pace non è stata aperta alcuna struttura che fosse in grado di prendere il suo posto. L'impegno di risorse, economiche e umane, è stato ed è notevole, ma l'idea di partire non è mai affiorata. E oggi meno che mai.

"Non si vedono più tanti mutilati per strada," osserviamo.

"Molti saranno già morti," taglia corto l'autista di un paese in cui tanti abitanti hanno dovuto imbracciare un fucile da bambini. "Non è il posto migliore per chi non è in grado di badare a se stesso, la Sierra Leone."

Dopo quella terribile prova la nazione aveva appena ricominciato a vivere: alla fine del conflitto è seguito un boom di nascite e un terzo dei sei milioni di abitanti è nato negli ultimi dieci anni. La gente che vediamo camminare lungo questa strada è perlopiù giovane, sana, muscolosa. Molti sono davvero belli. Sì, la Sierra Leone, con le sue miniere di diamanti e le sue splendide spiagge, avrebbe avuto diritto a un po' di prosperità e ottimismo.

E invece è arrivato Ebola.

Svoltando verso il mare, imbocchiamo uno svincolo sterrato e molto ripido: lungo tutto questo tratto la strada è stata costruita diversi metri più in alto rispetto al livello dei terreni e delle costruzioni circostanti, così che spesso i veicoli sfrecciano all'altezza dei piani superiori o dei tetti delle case.

"Le strade che stanno per terra non vanno più di moda?" chiediamo un po' stupiti. Non è chiaro quale sia la necessità di una sopraelevata.

"Così era più facile ed economico," alza le spalle l'autista. "Non si devono fare svolte, considerare le case, gli ostacoli naturali. Tiri una riga dritta e via."

Le esigenze della popolazione e le regole dell'edilizia sostenibile qui sono un optional. L'unica modernità in vista è quella delle telecomunicazioni: i cartelloni pubblicitari, a parte quelli per Ebola, parlano perlopiù di offerte per telefonia e internet. Lungo la strada abbondano i baracchini di legno in cui si vendono le schede Sim, mentre il profilo delle colline rigogliose di vegetazione è frastagliato da un gran numero di antenne di ogni genere.

Guardandosi attorno, nei sobborghi della capitale, baracche e tuguri di terra e lamiera sono tuttora le uniche abitazioni per famiglie con troppi bambini, che razzolano con galline, maialini e cani randagi. Le scuole sono chiuse da luglio ma, sbirciando dalle grate in muratura, si intravedono aule cadenti, con banchi rotti e lavagne incrinate. Gli ospedali erano pochi e carenti di personale già prima dell'epidemia, ora sono al collasso. Tante chiese e moschee, che venivano frequentate senza troppe distinzioni di credo, ora sono perlopiù deserte.

"Vedete quel casotto sulla sinistra? Lì c'è il nuovo laboratorio per la PCR. Lo ha realizzato in agosto l'Istituto sudafricano di malattie infettive, per conto dell'Oms locale," annuncia l'autista con voce soddisfatta.

"Sarà molto più comodo che portare i campioni di sangue a Kenema," commentiamo. Due o tre ore di viaggio risparmiate ogni volta vogliono dire risultati più rapidi e possibilità di intervento più efficaci.

PCR è un acronimo che sta per Polymerase Chain Reaction ("reazione a catena di polimerasi"), un test in cui si concentrano le virtù straordinarie di una tecnologia sensibilissima capace di farci riconoscere con certezza dove alberga Ebola e dove invece non c'è più o non c'è mai stato. La PCR marchia l'inizio della malattia e la sua conclusione. Separa i sani dai malati e questi dai convalescenti guariti. È l'esame del destino, quello per cui la velocità è davvero questione di vita o di morte.

Passiamo ancora in mezzo a due bassi edifici porticati, che dalle scritte sembrano essere dispensari antitubercolari in semiabbandono, e arriviamo al recinto del Centro.

"Vista mare," commentiamo con una punta di amarezza. C'è qualcosa di umano e tragico nel fatto che un luogo destinato a diventare il teatro di tanta sofferenza sia così bello. Il rigoglio della vegetazione sembra parlare solo di vita, la luce del sole ferisce gli occhi, l'oceano scintilla sullo sfondo, così calmo che sembra il Mediterraneo. È lì da sempre, e sarà lì quando ce ne saremo andati tutti da molto tempo. Le barche colorate dondolano nella corrente; visto da qui, un villaggio di pescatori sull'altro lato della baia può sembrare pittoresco, anche se da vicino assomiglia a una bolgia di miseria. Sarebbe un paradiso per l'uomo questo posto: che cosa è andato storto e quando?

2.
Lakka, la linea del fronte

Ottobre 2014

Lo spiazzo sterrato su cui è stato costruito il nuovo Centro di trattamento per Ebola di Lakka, gestito da Emergency, è piuttosto prosaico. Eppure è diventato "sacro", nel senso originale del termine: luogo separato dal resto del mondo, nel tempo e nello spazio. È ormai un sacello di Ebola, recintato da un confine invalicabile per tutti, tranne che per i "sacerdoti" abbigliati con i paramenti di plastica colorata e impermeabile.

Più che un tempio antico, per la verità, sembra un grande pollaio. Le poche strutture in muratura (magazzino, spogliatoi, servizi igienici) sono all'ingresso, mentre una doppia rete metallica divide il Centro in due metà: Zona rossa per chi ha Ebola, Zona verde per tutte le altre attività del personale, quando non è "dentro" ad assistere. Le due aree sono fatte di tende, riparate da strutture in legno e da tettoie in lamiera. Nelle quattro tende della Zona rossa trovano posto una ventina di letti per gli ammalati. All'ingresso del Centro, la guardia ci misura la temperatura con il termometro a "pistola" e ci fa lavare le mani. La struttura che si usa per il lavacro si trova dappertutto nel paese, un oggetto-simbolo di Ebola: una specie di trespolo con due ripiani. Su quello superiore c'è un grosso secchio di plastica vivacemente colorata da cui esce un rubinetto; è pieno di acqua e candeggina con cui ci si lava le mani. L'acqua confluisce poi in un'altra bacinella di plastica, collocata sul ripiano più basso. I trespoli sono ovunque, all'ingresso di qualunque edificio pubblico e privato di qualche importanza. Sono stati i primi a parlarci di Ebola quando siamo andati dall'aereo, a piedi, all'edificio degli arrivi, lavandoci prima di entrarvi. Più tardi, una guardia all'ingresso del supermercato in cui ci siamo fermati ci ha costretti allo stesso rito, e a quello del termometro: se hai la febbre, non entri a fare la spesa. Precarie e abborracciate, queste strutture rappresentano bene la qualità improvvisata della risposta a Ebola, ma anche la volontà di fare comunque qualcosa e non abbandonarsi a un atteggiamento fatalista.

E sulla strada per la nostra prossima destinazione, l'ospedale chirurgico e pediatrico di Emergency a Goderich, incontriamo un vero e proprio posto di blocco antiEbola. Gruppi di giovani uomini e donne stanno ai due lati, tendendo una funicella che attraversa la carreggiata. Il filo è multicolore, perché è fatto di tanti pezzi di spago diversi annodati, e da un lato è fissato proprio a uno dei secchi di candeggina montato sul solito trespolo. La pistola per la temperatura non c'è: troppo costosa.

"Sono volontari, si auto-organizzano per difendere la propria comunità," dice l'autista. "Intanto ti fanno lavare le mani, in alcuni casi ti prendono la temperatura. E se hai la febbre, torni indietro."

Servirà a poco, ma è un segnale di consapevolezza e di reazione costruttiva alla lunga inerzia delle istituzioni, e anche di volontà di far funzionare quelle briciole di democrazia dal basso che sono le comunità locali.

Quando vedono sulla nostra auto le insegne di Emergency, i giovani ci fanno grandi sorrisi: tutti conoscono l'ospedale che sorge poche centinaia di metri più avanti e che da anni affronta insieme a loro la pesante eredità di dieci anni di guerra civile. Quando ci arriviamo, pur non avendo fatto molta strada né toccato alcunché dopo il posto di blocco, si ripete il lavaggio delle mani: i guardiani della struttura sono orgogliosi soprattutto di aver sbarrato finora l'ingresso al virus, tenendo le porte aperte a migliaia di bambini malati e ai bisognosi di interventi chirurgici.

"Prima il virus ci ha fatto terra bruciata tutt'intorno, costringendo gli altri ospedali della zona a chiudere uno dopo l'altro, e poi ha cercato di sferrare l'assedio finale," racconta Luca, il coordinatore medico. Ebola è un virus, non ha volontà né strategie se non il cieco automatismo di riprodursi, ma per tutti qui è il Nemico e come tale ne parlano. Qui, d'altra parte, siamo su uno degli avamposti più rischiosi della guerra.

Dopo l'inizio dell'epidemia e dopo un periodo di silenzio, negazione e mezze misure, alla fine di luglio il governo ha dichiarato lo stato di emergenza e ha mobilitato l'esercito. Verso la metà di agosto 2014, quando erano già quasi mille i casi di Ebola confermati in Sierra Leone, e si cominciava a contarne qualche decina anche nella capitale, la fragile struttura sanitaria del paese è collassata. Il colpo di grazia l'ha dato il diffondersi dell'epidemia tra i medici e gli infermieri: già una cinquantina si erano ammalati, dei quali più della metà sono morti. Non solo erano state decimate le risorse a disposizione per curare i pazienti, ma erano all'ordine del giorno scioperi e fughe di personale. Il Connaught Hospital di Freetown sulla carta era aperto, ma senza personale per farlo funzionare. Tutti i centri privati, non avendo alcun obbligo di mantenere il servizio, si affrettavano a chiudere uno dopo l'altro, perché non riuscivano a trattenere i professionisti. Non si sapeva più dove mettere i bambini malati di malaria, di tifo, di dissenteria, e gli adulti con infezioni e urgenze chirurgiche.

"Una mattina è arrivato un bimbo di due anni in

coma per malaria cerebrale. Gli abbiamo dato la cura e verso sera, quando era finalmente sfebbrato e fuori pericolo, abbiamo cercato di trasferirlo all'ospedale pediatrico Ola During di Freetown," racconta Luca. "Arrivati lì con l'ambulanza, abbiamo trovato la porta sbarrata: ci hanno detto che dentro non c'era più nessuno."

L'ospedale chirurgico e pediatrico di Goderich era diventato una linea del Piave contro la disfatta globale. Tenerlo aperto era imperativo. Anzi bisognava, se possibile, potenziarne l'attività. Ma per farlo occorreva salvaguardare il personale ed evitare che il virus entrasse nelle corsie sfruttando come cavallo di Troia qualcuno ricoverato per altri problemi medici o chirurgici e inconsapevolmente infetto da Ebola.

"Per prima cosa abbiamo montato due tende d'isolamento fuori dalla recinzione, con criteri molto rigidi per filtrare tutti i casi sospetti," continua Luca. "Poi abbiamo trasformato la foresteria in corsie di ricovero, per ampliare il numero di letti."

Più letti significava più infermieri: a quelli locali è stato chiesto un nuovo impegno, in esclusiva e a tempo pieno.

"Abbiamo aumentato a tutti lo stipendio," aggiunge Luca. "Di un quarto."

Qual è la somma giusta per un lavoro che potrebbe mettere a rischio la tua vita? Non c'è risposta. Ma lavorare solo all'ospedale di Emergency, escludendo altri luoghi di cura, è anche un modo per salvaguardare la propria salute: uno dei principali rischi di infezione per il personale infatti è il contatto con i malati all'esterno, in condizioni igieniche non protette.

E dopo pochi giorni dall'inizio di questa nuova organizzazione di emergenza, Ebola ha bussato alla porta.

"È arrivata una mamma con due figlie gemelle di circa tre anni, tutte e tre avevano febbre e diarrea. Anziché visitarle in ambulatorio, sono state ricoverate fuori, nelle tende dedicate ai casi sospetti," racconta Luca, incupendosi al pensiero del giorno in cui il Nemico per la prima volta ha cercato di infiltrarsi nel fortino.

Al pronto soccorso chirurgico, in tempi normali, arrivano ogni giorno circa sessanta pazienti in visita di controllo e dai trenta ai trentacinque nuovi casi. In pediatria quotidianamente si fanno settanta-ottanta visite ambulatoriali, con cinque o sei ricoveri. In quella settimana di agosto erano molti di più: l'ospedale pediatrico della capitale era ancora chiuso, per mancanza di personale, e lo è rimasto per quarantacinque giorni in tutto. Sei settimane in cui gli accessi all'unico altro centro di cura disponibile, l'ospedale di Emergency, sono saliti alle stelle. Le malattie che portano lì i pazienti sono le più diverse, ma quasi tutti hanno la febbre, il più delle volte anche diarrea. Tra l'affollamento e i sintomi tutti uguali, come riconoscere Ebola?

"C'era un indizio: erano in tre," spiega Luca. "Tre membri della famiglia, ammalati tutti insieme. Non è normale, per le più comuni forme di dissenteria infantile. Allora abbiamo chiesto alla madre se aveva partecipato a qualche grande raduno. Ed era proprio così. Un funerale molto affollato, una settimana prima."

Il sangue prelevato alla madre e alle due bambine è stato spedito in tutta fretta a Kenema, nell'unico laboratorio allora attrezzato a fare il test PCR. Poco più di ventiquattr'ore di attesa e poi il verdetto: tre casi confermati di Ebola, i primi con cui Emergency è venuta direttamente in contatto.

"Da quel momento in poi siamo sempre stati bravi a non lasciarci scappare neanche un caso sospetto. Magari abbiamo avuto anche un po' di fortuna." Luca sorride, con una punta di sfinimento e sembra sottintendere che un po' di fortuna se la meriterebbero anche. Siamo d'accordo. Senza di loro, senza il centro chirurgico e pediatrico, dove sarebbero andati tutti quanti? In Africa non si muore solo di Ebola, in Africa si muore di tutto: sanità scadente, sanità assente, strutture fatiscenti.

"Dove sono finite la madre e le gemelline?" proviamo a chiedere, anche se sappiamo che la risposta, probabilmente, non sarà un lieto fine.

"Su indicazione del Coordinamento nazionale per l'emergenza Ebola le abbiamo trasportate in ambulanza a Kenema," risponde Luca. "Lì c'era uno dei pochi Centri di trattamento del paese, ancora aperto anche se in condizioni disperate."

In quel Centro, alla fine di luglio, era morto Sheik Umar Khan, un medico che, quasi a mani nude, aveva cercato di far fronte alla prima ondata estiva dell'epidemia. Era stato vittima di una micidiale reazione a catena di infezioni tra gli infermieri, provocata dal ricovero di un capo locale febbricitante fuori dal reparto protetto dedicato a Ebola nell'ospedale. Un errore fatale, un solo maledetto errore, e anche Kenema si era ritrovata sull'orlo del collasso totale.

"E da Kenema... Sono uscite?" insistiamo.

Luca scuote la testa. "Non lo sappiamo. Abbiamo capito subito però che presto avrebbero bussato alla porta di Goderich molti altri malati di Ebola, e che non avremmo saputo più dove metterli."

È stato allora che il governo della Sierra Leone ha trovato in fretta e furia quel pezzo di terreno lungo la spiaggia di Lakka, e lo ha messo a disposizione per costruire un centro, che nelle prime intenzioni avrebbe dovuto essere solo di isolamento.

Da subito, però, è apparso evidente che non sarebbe potuto essere solo un centro di isolamento. In mancanza di altre strutture in grado di accogliere i pazienti risultati positivi, bisognava occuparsi anche del trattamento. Non ci sogniamo di certo di tenere i malati rinchiusi lì, dando loro solo da bere. In questo infatti consiste un centro di isolamento se non diventa anche un luogo di cura: un recinto in cui si confinano i pazienti aspettando che i più fortunati guariscano, e un luogo da cui provvedere a far seppellire i meno fortunati con le dovute precauzioni. Certo, è utile: se non altro a impedire che i malati trasmettano il virus ad altri, da vivi o da morti. Ed è molto, ma non è abbastanza. Non può essere tutto.

Quando Sheik Umar Khan era rimasto a Kenema l'unico medico a prendersi cura di ottanta malati, sua sorella lo pregò di risparmiarsi. Lui rispose: "Se io rifiuto di curarli, chi si prenderà cura di me?".

La domanda non è pragmatica, è etica. Nessuno vuol fare l'eroe o il santo, ma possiamo e dobbiamo tentare, con tutte le nostre forze, di fare i medici.

Guardiamo i malati dentro la tenda del Centro di trattamento di Lakka, purtroppo affollato. Stanno seduti o sdraiati sulle brandine, più o meno malconci. Sappiamo i loro nomi, che ricorrono spesso uguali come capita nei piccoli paesi: Mansaray, Sesay, Bangura, Turey... Sappiamo la loro età, che lavoro fanno: pescatore, giocatore di football, casalinga, disoccupato. Sappiamo come sono arrivati qui.

Quello che non sappiamo è se sopravvivranno.

"Uno sì e tre no" dicono ora le statistiche ufficiali dell'Oms per questa epidemia nell'Africa occidentale, la più grande dal primo focolaio registrato nel 1976.

Cerchiamo di immaginare come vedono loro questa scena. Sono attaccati ai monitor, ai deflussori, alle siringhe per infusione, ai cateteri vescicali e guardano a loro volta entrare e muoversi i medici, gli infermieri e gli addetti alle pulizie, tutti bardati come marziani nella tuta integrale, obbligatoria per entrare nella Zona rossa. Li ascoltano urlare, in inglese o in italiano, le disposizioni di terapia, i parametri vitali, talvolta il decesso di un paziente ai colleghi che li annotano nelle cartelle cliniche, stando al di là della doppia rete che recinta quest'area in cui solo Ebola è davvero padrone di casa e tutti gli altri sono ospiti di passaggio.

Sentono un caldo insopportabile, i malati: a parte la temperatura esterna sono torturati dalla febbre alta che non di rado raggiunge i 39 e talvolta supera i 41°C. Stanno male, alcuni molto male, e potrebbero morire nel giro di poche ore, magari all'improvviso e senza che si capisca perché. Altri sono già in coma, o quasi, altri sono confusi e agitati, non riescono a rimanere fermi nel letto, rischiano di cadere. Anche quelli che sono svegli e calmi capiscono probabilmente poco di che cosa sta succedendo qui, chi sono e che cosa fanno gli uomini e le donne che si muovono attorno a loro dentro lo scafandro, perseguitati dal caldo al punto che il limite di sicurezza per la permanenza nella tenda è di sessanta minuti, oltre il quale si rischia la disidratazione. Forse i malati si sentono aiutati e curati, o forse hanno paura che venga fatto loro del male: l'aspetto dei soccorritori non è rassicurante, e il Full Personal Protective Equipment – o PPE, come viene chiamato nel gergo degli addetti ai lavori – è in fondo una caricatura della distanza crescente e delle barriere che la medicina tecnologica occidentale sta costruendo fra chi cura e chi ha bisogno di cure.

Nessuno in realtà può dire con certezza se queste ultime siano adeguate. Nessuno può dire se siano sufficienti a cambiare la sentenza "uno sì e tre no". Perché dobbiamo ammettere che nessuno è in grado di capire fino in fondo che cosa succede dentro la tenda, almeno per ora.

Che ne sanno i pazienti e che ne sappiamo anche noi al di qua della rete di cosa sia un virus, e in particolare questo Ebola, e di come e perché dobbiamo farci i conti ora? Chi è istruito di scienza può dire molte cose su come è fatto questo minuscolo oggetto con un sottile filamento di geni all'interno e un involucro di proteine, e su come si moltiplica e produce danno. Apparentemente ne sappiamo molto, ma in realtà il concetto di virus è talmente astruso che non possiamo neppure dire con sicurezza se è materia viva o inerte. Se ne può discettare. Invisibile e astratto, talmente piccolo da penetrare qualsiasi filtro, il virus sfugge alla comprensione e finisce per essere personalizzato. Ci si chiede: dove si nasconde, dove sta andando, quali sono le sue intenzioni e le sue strategie, come si adatta ai nuovi ambienti, quale sarà la prossima mossa? Come se ci fosse un signor Ebola, o triliardi di signori Ebola, che agiscono, pensano, hanno progetti, astuzie, successi e fallimenti.

In realtà non accade nulla di tutto questo. I virus sono ovunque e in nessun luogo, ciechi, sordi e indifferenti alle nostre paure e speranze come ogni altra cosa nell'universo, viva o inerte che sia. E in questo angolo di Africa, massacrato da guerre, miseria, corruzione e ignoranza, con sistemi sanitari ridotti ai minimi termini, i filamenti di Ebola non hanno trovato ostacoli alla possibilità di moltiplicarsi ciecamente per mesi, nella quasi completa indifferenza del resto dell'umanità e delle sue istituzioni.

Sono usciti dalla foresta dove stavano acquattati in qualche ospite animale per la cui specie sono innocui, trovando per caso l'occasione di fare il salto in un corpo umano verso la fine del 2013 al confine tra Guinea, Liberia e Sierra Leone. Gli epidemiologi, come detective sul campo, hanno ricostruito meticolosamente il fattaccio: il "malato zero" è stato Emile Ouamouno, un bambino di due anni del villaggio di Meliandou nella foresta della Guinea al confine con Liberia e Sierra Leone. Il bimbo si è infettato giocando sotto un grande albero cavo, al cui interno stavano appollaiate centinaia di pipistrelli della frutta, forse raccogliendo un avanzo di cibo morsicato dagli animali. Da lui sono stati contagiati e sono morti la madre, la sorella di tre anni e la nonna. E poi, in un effetto domino che ha trovato facili strumenti di moltiplicazione, i virus si sono sparsi, dilagando quasi indisturbati, poco contrastati dalla flebile e tardiva risposta di governi, organizzazioni internazionali, volontariato e comunità scientifica.

La malattia si manifesta subito violentemente, e la sorte tra morte e guarigione si gioca spesso nel giro di pochi giorni, come in una gara tra la velocità con cui i filamenti prendono possesso delle cellule umane e quella con cui le difese della vittima riescono a organizzare una resistenza. Chi non muore a cavallo della prima settimana può farcela, a patto che nel frattempo non vengano meno le funzioni degli organi vitali, come i reni, i polmoni o il fegato. Possono fare una differenza le cure che gli esseri muniti di scafandro riescono a portare dentro le tende, con grande fatica e pericolo? Probabilmente sì, a patto che siano tempestive e assidue, quanto basta per seguire i repentini cambiamenti di fronte e per misurare gli interventi su quello che serve.

Si sarebbe potuta fermare la tragedia per tempo isolando i contatti dei malati, quando erano ancora pochi. Forse è troppo tardi (anche se non si deve rinunciare a provarci), o forse il mondo è ancora in tempo per evitare che l'epidemia segua il suo corso, fino a estinguersi ancora una volta in modo "naturale", magari dopo aver tracimato in altri paesi confinanti e causato un'ecatombe. In ogni caso le decine di malati che arrivano qui ogni giorno hanno diritto di essere curati al meglio possibile, al pari di ogni individuo. Hanno diritto alla massima possibilità di salvarsi la vita. Per ottenere questo, medici e infermieri devono rendersi disponibili a rimanere nella Zona rossa tutto il tempo necessario. E lo fanno: nonostante le condizioni in cui si trovano a lavorare nessuno protesta, anzi. Spesso l'assistente all'esterno delle tende deve ripetere loro più volte di uscire perché hanno superato i minuti di sicurezza, talvolta anche abbondantemente. Non senza conseguenze: la disidratazione è tale che non appena usciti dalla tuta devono essere reidratati con acqua e soluzioni saline. Un litro, un litro e mezzo di liquidi per ripristinare quanto perduto con la sudorazione.

Se ci si deve giocare la vita, d'altra parte, tanto vale giocarsela con convinzione. Nel tentativo di capovolgere la sentenza "uno sì e tre no".

3.
Ebola, chi sei?

Ottobre 2014

Usciamo di casa tutti, al mattino presto. Il posto in cui alloggiamo è una tozza villetta costruita nel bizzarro stile locale proprio in riva al mare, che fa da ufficio per Emergency e da residenza per parte del personale internazionale: medici, infermieri, "logisti", come li chiamiamo in Emergency. Il resto di noi "stranieri" è sparpagliato in altre tre o quattro residenze affittate in zona. Si fa una spartana vita di comunità, anche perché è necessario rispettare tutti insieme le procedure di sicurezza per evitare il contagio, a casa e nel Centro.

Il Centro di Lakka è ormai da due settimane in piena attività: la soddisfazione per questa nuova risorsa si mischia alla consapevolezza delle sofferenze che accoglie. L'impatto quotidiano con quell'"uno sì e tre no" è già pesante. Lungo un tratto di strada sterrata, ancora tutta buche e rocce sporgenti, che dalla nostra residenza conduce al Centro, ai piedi di un albero meraviglioso riposano a fianco a fianco due sepolture. Sulle lapidi, in inglese, è incisa la dedica a due donne (madri, nonne e bisnonne dei dedicanti) di settantotto e ottantadue anni, morte nel 2006 e 2007. Forse da queste parti, a differenza che da noi, la morte di persone così anziane colpisce di più, perché sono rare e quindi considerate una risorsa per la famiglia e la comunità, rispetto alla morte molto più frequente di giovani. Ci fermiamo per uno sguardo, una specie di saluto. Pensiamo alle settimane, ai mesi che ci aspettano.

In teoria, anche tra noi, già oggi, potrebbe esserci qualcuno che ospita una certa quantità di copie di Ebola in incubazione, e ancora non lo sa, perché sta bene. La possibilità esiste, ed è per questo che il virus ha mietuto così tante vittime proprio tra il personale degli ospedali e delle cliniche. Spesso, in questi casi d'infezione, non si riscontra nessuna apparente violazione delle procedure di protezione, per cui si pensa che il virus possa essere stato acquisito inconsapevolmente altrove, nel mondo là fuori. Ebola non è solo nei corpi delle persone malate e nei cadaveri non ancora sepolti; se potessimo vederlo lo troveremmo anche in alcuni animali, come i pipistrelli della frutta o alcune specie di grandi scimmie, se ci spingessimo a entrare nella foresta. Non sappiamo dov'è, perché è dappertutto. Anche tra i colori del mercato è come camminare sapendo che un cecchino ti tiene sotto tiro. Ogni luogo affollato è pericoloso.

Per fortuna sappiamo dai libri che il virus Ebola non esce facilmente dal corpo che lo ospita. Solo dopo un'incubazione che può durare da due giorni a tre settimane, comincia a moltiplicarsi in miliardi e miliardi di copie, a cui il corpo malato reagisce con febbre alta e spesso vomito o diarrea violenti. A quel punto, e non prima, i filamenti cominciano a spargersi, col sudore, la saliva, le urine, le feci, le secrezioni di qualsiasi mucosa, ma non sono capaci di andare lontano, per esempio viaggiando nell'aria con l'aerosol di uno starnuto o di un colpo di tosse, come fanno molti altri virus, dalla varicella al raffreddore. Solo toccando i fluidi carichi di filamenti e portandoli inavvertitamente a contatto con le mucose del naso, della bocca, degli occhi o con abrasioni della pelle (per esempio con una puntura accidentale), si consente al virus di entrare in un nuovo corpo, e in questo caso bastano poche copie per ricominciare il ciclo. Le particelle virali che restano fuori, in macchie di sangue o d'altro sulle superfici circostanti, possono impiegare molto tempo, perfino giorni, a dissolversi, anche se non è facile che trovino la strada di una nuova vittima. Perciò, oltre a lavarsi continuamente le mani, occorre badare a quel che si tocca, soprattutto a non portare mai le dita al viso: l'abitudine a non farci caso è tale che si arriva alla sera stanchi anche per l'attenzione costante necessaria.

Nel gergo degli esperti di malattie infettive queste peculiarità si riassumono dicendo che Ebola è poco contagioso – perché solo per contatto diretto passa da una vittima all'altra – ma molto infettivo – perché basta anche una sola o poche particelle virali per dare il via all'infezione, all'incubazione e alla malattia, che poi risulta altamente letale.

"Di che cosa muoiono, maledizione?" Arrivati a Lakka e superato il rito del lavaggio delle mani e del termometro, ci sediamo nella tenda che fa da "sala medici" e cerchiamo di fare il punto con Gina Portella, coordinatore medico del Centro. La prima domanda e la più fondamentale, infatti, è anche la più tremenda.

"Non di emorragia, certo." Qualche malato sanguina (dal naso, dall'intestino, dai punti di inserzione dei tubi nelle vene), ma sono molto rari quelli che muoiono dissanguati. Ciò ormai è così chiaro a tutti che si è cambiato persino il nome alla malattia: non più "febbre emorragica", ma "malattia da virus Ebola", Ebola Virus Disease (EVD).

"Probabilmente il virus mette fuori uso qualche organo vitale."

"Più tempo. Ci metterebbero più tempo."

Molti dei malati che non ce la fanno hanno i reni che non filtrano, o il polmone che non scambia più bene ossigeno, o l'infezione colpisce il cervello: ma da medici sappiamo che dovrebbe occorrere del tempo per arrivare alla morte anche in seguito alla sofferenza di questi organi.

"Resta solo lo shock." Un crollo della pressione del sangue dovuto alla massiccia perdita di liquidi e sali col vomito, la diarrea, il sudore. Eppure a Lakka finora non abbiamo visto veri shock, ma abbiamo deciso comunque che misureremo dettagliatamente i flussi per poterli correggere con precisione, senza il rischio di sbagliare per difetto o per eccesso.

Non è stata una scelta ovvia quanto potrebbe sembrare. Rimpiazzare i liquidi, infatti, significa che ogni malato deve avere una via venosa attraverso la quale somministrare le soluzioni saline e i farmaci, e da cui prelevare i campioni di sangue per le analisi. Tra di esse ci sono anche quelle che misurano i cosiddetti "elettroliti": un termine per indicare la concentrazione dei sali di sodio e potassio che con nostra grande sorpresa, solo a pronunciarlo, suscita scandalo nelle riunioni di coordinamento gestite dall'Oms e dal ministero locale. Dobbiamo trovare il tempo anche per questi incontri, per quanto poco produttivi.

"Per gli elettroliti, nelle linee guida non dobbiamo scrivere che sono indispensabili, ma che vanno fatti solo se possibile!" abbiamo sentito tuonare da rappresentanti di varie organizzazioni non governative. E siamo stati accusati di esporre i malati e gli operatori a "rischi inaccettabili".

Che significa? Certo, nessuno può fare l'impossibile, ma nessun medico in Occidente si sognerebbe di affrontare massicce perdite di liquidi senza misurare sodio e potassio. A simili reazioni scandalizzate abbiamo assistito per una pratica banale come l'inserimento di un catetere in vescica, necessario per avere un bilancio preciso di tutti i liquidi, in entrata e in uscita.

Non è accettabile che pungere vene, mettere cateteri, prelevare e analizzare il sangue, siano considerati "rischi inaccettabili" in Africa e siano di routine in Occidente, anche sui ricoverati per Ebola. I malati della Sierra Leone sono di serie B?

Noi abbiamo deciso che non devono esserlo, che non li tratteremo come tali. Che non ci limiteremo a dar loro da bere per bocca e a sperare nella sorte.

Usciamo dalla sala medici e ci avviciniamo alla Zona rossa, il cuore del Centro. Lo spiazzo brulica di un'attività intensa e attenta, di persone sempre consapevoli di quello che fanno e del rischio che li circonda, per sé e per gli altri. Dentro le tende di degenza tutto viene eseguito misurando ogni movimento per limitare i contatti allo stretto indispensabile, perché il pericolo si avverte concreto e reale. Si vede anche dalla complessità di un gesto come togliere la tuta di protezione, quando si esce dalla Zona rossa: è necessario procedere con cautela evitando accuratamente di entrare a contatto con la parte esposta, quella esterna. L'operazione, soprattutto le prime volte, richiede anche quindici minuti, dalla messa a bagno in soluzione clorata degli stivali di gomma fino a quando, con l'aiuto di un assistente, la svestizione è completa.

Ci guardiamo intorno. Se avessimo una capacità visiva come quella di un microscopio elettronico, guardando dentro l'area recintata vedremmo brulicare ovunque i virus, oggetti filiformi, ripiegati come brevi spaghetti mal cotti, addosso ai malati, per terra, sugli oggetti dove si siano diffuse anche minime quantità di liquidi organici, sulla superficie delle tute. Magari li vedremmo anche sul corpo blu e arancio di alcune di quelle lucertolone – *Agama agama* è il nome assegnato loro da Linneo quasi tre secoli fa – che si aggirano nella terra di nessuno tra le due reti, come se fossero attratte dal regno di Ebola. Sicuramente noteremmo tantissimi filamenti nei corpi che giacciono in fondo al Centro, nella tenda obitorio, avvolti in sudari di plastica e in attesa della squadra dei seppellitori. Ma neppure l'occhio acutissimo dei rapaci che roteano sopra le tende del Centro riesce a vedere Ebola. E nella Zona verde, dove lavorano i medici e gli infermieri quando non assistono direttamente i malati, neppure la vista di Superman potrebbe trovare traccia di virus nelle persone e nelle cose. O almeno così tutti ci auguriamo, se le procedure di protezione sono rispettate senza eccezioni e senza un istante di disattenzione.

Le tende della Zona rossa sono sempre piene di malati: lo scontro col nemico è in corso. E finora neppure le osservazioni più attente sono riuscite a svelare come funziona, come attacca, come uccide. Siamo qui anche per questo.

"Se la volpe non entra nel pollaio non prende i polli." Questa frase di Gino sarà un po' il nostro leitmotiv in questi mesi. Curare quante più persone possibile e, mentre si cura, osservare e capire. Stanare il virus, studiarlo per riuscire, un giorno, a neutralizzarlo.

Tornando nella sala medici ci viene incontro Sara, infermiera italiana che ora ha la responsabilità dell'ospedale di Goderich al posto di Luca. Nonostante la giovane età, le è già capitato di lavorare per Emergency in una zona di guerra. È stata in Afghanistan, e conosce la paura.

"Questa è una paura diversa," osserva guardandosi intorno. "Là è esterna, la localizzi. Sembra assurdo, ma in qualche modo vedere il pericolo ti rassicura. Qui invece..."

Capiamo benissimo. Sono giorni che proviamo la stessa sensazione.

"La cosa più terribile è non poter giocare coi bambini," aggiunge Sara. "Edna ha solo sei anni, viene da una zona già molto infestata da Ebola. Stava male quando è arrivata. Il giorno che ha visto entrare l'infermiere con la tuta integrale, si è messa a urlare."

Non poter vedere in faccia la persona che ti sta accudendo non è rassicurante. E il modo di lavorare cambia radicalmente. Non puoi toccare i pazienti, devi fare a meno del linguaggio non verbale, quello delle carezze e delle pacche sulle spalle. Devi cambiare approccio, restando umano, riuscendo a comunicare al malato che tu sei là per aiutarlo, per prenderti cura di lui, non per abbandonarlo al suo destino. Evitando di fargli sentire che anche tu hai paura di lui.

"Come si riesce a comunicare?"

"Con gli sguardi, con le chiacchiere, la vicinanza senza contatto. Vogliamo stare con loro più tempo possibile, considerando le maledette tute. Stare con loro accanto al letto, anche venti, trenta minuti, per parlarci davvero a fondo."

"Ma sarà possibile mantenere un simile standard? C'è già così tanto da fare..."

"Ci proviamo. Vincere la paura è la cosa da cui iniziare."

L'approccio degli abitanti del posto alla malattia, negli ultimi mesi, è cambiato. A luglio, agosto e settembre Ebola non si conosceva, era percepito come un problema remoto. Adesso hanno capito che è reale e quali sono i sintomi, e la difficoltà è diventata farglieli confessare. Hanno paura di essere rifiutati. Hanno paura della paura altrui.

"Nel triage è questo il passaggio più duro," racconta Sara. "Far capire al paziente che i suoi sintomi non lo porteranno a essere rifiutato ma aiutato. Per fortuna ci conoscono, siamo qui da quasi quindici anni..."

La reputazione costruita dal 2001 è fondamentale: tutti sanno che qui si aiutano tutti, da anni. Anche per questo arrivano malati pure da altre zone del paese.

"La paura può essere sana, però," ci ricorda Sara. "È quello che ci salva dal commettere un errore che potrebbe essere fatale."

"Non hai mai pensato di andartene? Avranno insistito anche i tuoi..." La domanda è spontanea ma conosciamo la risposta: ha pensato di partire e poi ha fatto il contrario. Ne abbiamo parlato diverse volte, tra noi e con gli altri abitanti della nostra casa, e la pensiamo tutti allo stesso modo. Se crediamo in quello che facciamo – ed è così –, allora questo è l'unico posto in cui stare.

"La risposta è che sono ancora qui. E intendo restarci," risponde semplicemente.

4.
Reazione a catena

Novembre 2014

"C'è qualcosa che non va, laggiù al cancello."

La notte è appena calata ma il buio è già fitto e immobile sulla spianata di terra battuta del Centro di Lakka. Dal nostro punto di osservazione nella Zona verde, fatichiamo a vedere cosa sta accadendo qualche decina di metri più in là, all'ingresso del Centro. Le sagome delle due guardie non sono le sole e non sono ferme: c'è un'altra persona con loro. E pare agitata.

Meglio andare a vedere.

"Malati! Sono malati!" La voce arriva forte e chiara mentre ci avviciniamo.

"Che cosa succede?"

L'uomo che sta discutendo con le guardie si volta verso di noi. È sulla trentina, alto, imponente, ispira un'aria di autorità nonostante l'abbigliamento informale, e sembra piuttosto arrabbiato.

"Sostiene che abbiamo rimandato al villaggio due uomini ancora malati," lo anticipa una delle sentinelle.

"Oppure sono scappati," aggiunge l'uomo. "Non hanno i certificati. Sono ancora malati. Dovete venire a riprenderveli!"

Le guardie rinunciano alla discussione, un po' perché siamo arrivati noi e un po' perché si sentono offese da questo implicito giudizio sulle loro capacità. Piuttosto che essere offensiva, l'ipotesi dello sconosciuto non ha senso. Nessuno scappa dal Centro di Lakka. Prima stanno troppo male, e dopo hanno troppa paura di poter stare male di nuovo. La procedura è semplice e uguale per tutti: quando i malati arrivano, sono messi in isolamento in una prima tenda, mentre si aspetta di sapere se sono stati infettati da Ebola o da una delle tante altre malattie che flagellano questa parte dell'Africa, prima fra tutte la malaria. Se risultano positivi, vengono spostati nella tenda dei casi confermati. Da qui possono uscire in due modi. O in via di guarigione, per passare nella tenda dei convalescenti, oppure, purtroppo, come corpi privi di vita diretti all'obitorio. Oggi nessuno è stato dimesso, né in un modo né nell'altro. Non tra i malati...

"Ma forse non erano malati. Non di Ebola perlomeno."

Controlliamo nei registri del Centro. E infatti due giovani uomini, in osservazione da due giorni per febbre e diarrea, sono stati rimandati a casa poche ore fa dopo le analisi, perché il sospetto di Ebola si era rivelato infondato. C'è un certificato che lo attesta e il medico in servizio avrebbe dovuto consegnarlo ai pazienti prima di congedarli. Ma nel compilare tutta la documentazione per la dimissione si è dimenticato proprio questo passaggio. Così i due si sono allontanati nel crepuscolo, con ancora addosso le casacche azzurre che usano anche i ricoverati, perché non c'era nessuno ad aspettarli con abiti di ricambio. Quelli con cui erano arrivati sono stati bruciati, come il denaro e tutti gli altri oggetti che entrano nella Zona rossa con i sospetti contagiati e non devono mai uscirne.

Il volto alterato dell'uomo di fronte a noi, che si rivela essere il capo politico della comunità dei due uomini, dà l'idea del panico collettivo alla loro ricomparsa, vestiti come malati e senza il certificato. Un putiferio.

"Non sono scappati, sono stati dimessi perché la PCR è risultata negativa," lo rassicuriamo. Ci facciamo portare i documenti di dimissione dei due pazienti, e tutto finalmente si appiana. Ma sentiremo ancora parlare di questo incidente, al prossimo meeting di coordinamento presso la sede locale dell'Oms, nell'ambito di una lunga discussione sul "contact tracing", la ricostruzione di tutti i contatti dei malati.

Questa infatti è l'attività più importante per rallentare l'epidemia: individuare al più presto ogni persona infettata dal virus Ebola e seguirne a ritroso i contatti e in prospettiva la sorte (non malato, guarito, morto). Dal punto di vista pragmatico, conta molto più di qualsiasi assistenza prestata a chi è già stato contagiato. Proprio su questo fronte il ritardo delle autorità nazionali e internazionali ha prodotto, e continua a produrre, i maggiori guasti.

In teoria, chi accusa i primi sintomi dovrebbe poter chiamare un'ambulanza con il personale protetto, che si accerta se si tratta con buona probabilità di Ebola e, attraverso il centralino dell'Ebola Response Center (ERC) locale o nazionale, li porta in un centro di ricovero con letti liberi. In realtà le ambulanze disponibili per questo compito sono per ora ancora poche in tutto il paese, e devono spesso affrontare lunghi viaggi su strade impraticabili. Una volta a destinazione, dal portello escono diversi malati (fino a dodici, in qualche racconto) più o meno malfermi sulle gambe, che durante il viaggio hanno vomitato e avuto scariche diarroiche, mentre all'interno spesso resta disteso qualcuno che non ce l'ha fatta.

Dal nostro arrivo abbiamo già visto troppi pazienti raggiungere il Centro nel modo peggiore: con le loro gambe, o accompagnati da un parente o da un conoscente, alla ventura, senza sapere se c'è posto e rischiando di dover bussare alla porta di diversi centri prima di poter essere accolti. Per esempio Aminata è stata lasciata tre giorni fa davanti al campo da un gruppo di parenti, che poi si sono allontanati di gran fretta. È in condizioni critiche ed è una paziente molto agitata, continua a cadere dal letto. Non sappiamo se ce la farà. Tra i malati che sono arrivati con le proprie gambe invece c'è Abu Bangura, professione calciatore. Un ragazzo bello come il sole ma un po' meno brillante, che però è stato abbastanza intelligente da venire nel posto giusto.

"Non mi sento tanto bene," ha esordito con una risata contagiosa ma preoccupata. Aveva ragione a preoccuparsi, e i sintomi neurologici sono peggiorati molto rapidamente: per poterlo curare abbiamo dovuto sedarlo. Poi ieri mattina lo abbiamo trovato seduto sul letto con la bocca piena di dentifricio.

"Potete aiutarmi a lavarmi i denti?" ha chiesto, frustrato dal non riuscirci da solo.

Per fortuna ogni tanto – seppur raramente – anche questa vita in prima linea riserva momenti di allegria. Ma per un Abu che appare in via di guarigione, sono molti quelli che non ce la fanno. E ancora più quelli che vagano in cerca di aiuto diffondendo il contagio. Qualche giorno fa un nuovo arrivato ha raccontato la sua odissea a piedi attraverso ben cinque centri dei dintorni, prima di trovare un posto libero a Lakka. Altre volte davanti al cancello sono scaricati malati o moribondi da auto private, i cui guidatori (familiari, vicini) si allontanano subito, per paura del contagio o di essere trattenuti, senza darci neppure il tempo di avvisarli di quale rischio corrono e di come disinfettare almeno la vettura. Un sacerdote un giorno ha portato un'intera famiglia, quasi tutti in gravi condizioni, e se n'è andato subito, prima che qualcuno dello staff potesse andargli incontro.

Anche per questa ragione, rientrata l'emergenza dei due "sospetti untori" e prima di tornare verso il piccolo edificio che funge da mensa – una delle poche costruzioni in muratura che spicca fra le tende bianche con i simboli rossi di Emergency –, facciamo il giro attorno alla recinzione, tanto per controllare. E infatti, dall'altra parte del Centro, abbandonato contro l'esterno della rete perimetrale, c'è un fagotto scuro. Decisamente non c'è pace, quest'oggi.

"Chiamiamo le guardie" è la prima reazione, ma l'oggetto al suono delle nostre voci si muove, chiede flebilmente aiuto. Si alza aggrappandosi alla rete e vediamo che è una giovane donna, evidentemente febbricitante, avvolta in uno scialle. In una mano tiene una bottiglia d'acqua, l'altro braccio è stretto intorno a un bambino dai grandi occhi lucidi. Malato anche lui, di sicuro. Ci ritraiamo in fretta. È una delle molte miserie che Ebola porta con sé: renderti impossibile anche solo tendere la mano al tuo prossimo che soffre. Ma è in gioco la sopravvivenza di tutti. Solo il personale che indossa protezioni anticontagio può interagire con i malati, anche con quelli solo presunti.

Madre e figlio sono accompagnati nel recinto del triage, dove si suddividono i pazienti secondo la gravità del loro stato. La donna si trascina a fatica, è chiaramente esausta e barcolla. Il bambino la segue per mano. Il medico di turno, stando a debita distanza con mascherina e guanti, raccoglie la storia di entrambi sul foglio di accettazione.

Scorrendo una lista di possibili sintomi, chiede quali disturbi hanno avuto finora, oltre alla febbre, e da quanti giorni ne soffrono.

"Vomito e diarrea?"

Affermativo.

"Debolezza e dolori a varie parti del corpo?"

Affermativo.

"Arrossamento degli occhi? Difficoltà a respirare?"

Tutto affermativo. La madre continua a rispondere alle domande del medico tra ripetuti singulti di singhiozzo: un fastidio frequente considerato presagio nefasto. A fianco del medico c'è il District Surveillance Officer (DSO), uno dei due funzionari della Sanità locale distaccati presso il Centro che si alternano in servizio qui a Lakka, il quale quando è necessario aiuta con la traduzione nella lingua creola e compila un altro questionario dettagliato con le informazioni utili per risalire alla possibile fonte d'infezione e per rintracciare altri membri della famiglia o della comunità che hanno avuto contatti rischiosi. Sono stati a un funerale? Ci sono malati in casa o nel vicinato? Hanno mangiato carne di animali selvatici? Hanno viaggiato prima di ammalarsi? In effetti una sorella della donna è morta una decina di giorni fa, e lei ha partecipato alla cerimonia funebre.

Il DSO attribuisce a ciascun paziente un codice numerico, che identificherà la madre e il bambino per tutta la durata del ricovero e oltre. Lo stesso codice contrassegna i campioni di sangue che un infermiere, equipaggiato con una tuta di protezione completa, preleva subito dopo, quando i due sono accolti nella tenda d'isolamento. I due campioni andranno al laboratorio per la PCR, qui vicino. La risposta dovrebbe arrivare in poche ore, se contassero solo i tempi tecnici di esecuzione degli esami, ma per varie ragioni non è sempre così. Le squadre che fanno funzionare il laboratorio si avvicendano di frequente, e a ogni cambio di guardia l'efficienza può variare molto, per diverse ragioni: sovraccarico di analisi da fare, scarsità di tecnici, guasti, pericoli per la sicurezza del personale. E scioperi, ricorrenti nello staff nazionale di molte strutture su cui incombe il pericolo del virus, spesso provocati da casi d'infezione sul lavoro, e accompagnati da richieste di maggiori garanzie. Qualche settimana fa è stato necessario per diversi giorni portare addirittura i campioni in auto fino al laboratorio di Bo, la seconda città della Sierra Leone dopo Freetown, che si trova a quattro o cinque ore di viaggio.

In questo caso, visto che è già buio, i campioni vengono portati il giorno dopo. Il laboratorio è in buone condizioni di efficienza, perciò la risposta della PCR arriva, per telefono, nel primo pomeriggio. Purtroppo per la madre è chiaramente positiva: significa che la "reazione a catena" ha trovato il virus nel sangue esaminato. Il risultato si esprime con una cifra, che corrisponde al numero di cicli necessari per amplificare la traccia del virus: più il numero è basso, più alta è la presenza del virus nel campione. Per la madre sono stati sufficienti ventitré cicli di reazione a catena per far saltar fuori Ebola, perciò lei viene subito trasferita alla tenda accanto, quella della terapia.

Per il bambino invece la risposta della PCR è completamente negativa: non sono bastati più di quaranta cicli di reazione per scovare traccia del virus. Questo non significa ancora nulla, perché il bimbo ha febbre solo da ieri, e la PCR può rimanere negativa fino a tre giorni dopo l'inizio della malattia. Sono casi poco frequenti, perché la grande maggioranza dei malati approda tardi ai centri, dopo molti giorni (in media cinque) dall'inizio dei sintomi. È un fatto che ci ostacola molto: siamo sicuri che se riuscissimo a far arrivare prima in ospedale quelli che stanno male potremmo essere molto più utili, sia a loro personalmente sia nel fermare la diffusione del virus. Per esempio, questo bambino è arrivato nei tempi giusti, perché la madre che è malata da diversi giorni l'ha portato con sé. Speriamo con tutte le nostre forze, e contro ogni legge probabilistica, che si riveli sano: meno di quarantott'ore fa il virus ha portato via un bambino di pochi anni più grande di lui, Abdul, la madre già uccisa da Ebola, il padre in quarantena in un altro centro. Anche lui era stato trovato disteso e debolissimo davanti al cancello e, dopo essere stato trattato in maniera intensiva con idratazione e antipiretici, sembrava rispondere bene. Per poche ore. Ieri mattina il suo letto era già vuoto.

La rapidità con cui il virus può uccidere i pazienti ci lascia sgomenti e anche scoraggiati. Ma non è più facile vederli spegnersi lentamente, nonostante i giorni di terapie e di trattamenti intensivi, come se la malattia consumasse le loro risorse e lasciasse un bozzolo vuoto al posto del corpo. È una festa ogni volta che qualcuno ce la fa, come Christian e Lionella, fratello e sorella di dieci e otto anni, che ci hanno dato la gioia di poterli assistere giorno dopo giorno, e poter notare l'appetito che tornava, il sorriso e persino la voglia di disegnare, ora che si trovano nella tenda riservata ai convalescenti. Sono arrivati al Centro con il papà, malato anche lui, e temiamo il momento in cui dovremo spiegare ai piccoli che il padre, purtroppo, è stato sfortunato.

Dall'inizio dell'epidemia in Africa occidentale, sono almeno quattromila (ma la stima è per difetto) i bambini rimasti orfani di uno o entrambi i genitori, afferma un responsabile Unicef per l'emergenza Ebola.

"Le scuole sono chiuse, i bambini sono confinati nelle loro case e scoraggiati a giocare con gli altri," ha spiegato. "Oltre agli orfani, molti altri vengono allontanati per la loro protezione in centri di quarantena senza sapere se i loro genitori sono vivi o morti." E spesso sono abbandonati al loro destino da una comunità terrorizzata dalla possibilità del contagio, quando addirittura non entrano in campo credenze e superstizioni che pongono su questi bambini lo stigma della sfortuna o della stregoneria.

Per il nostro piccolo ospite negativo alla PCR aspettiamo e speriamo. Sappiamo che probabilmente è malato, sono troppe le occasioni di contatto tra una madre e suo figlio. Anche se la prima PCR è negativa, bisognerà attendere un paio di giorni e ripetere l'esame per poter far uscire il bambino dalla zona d'isolamento.

Intanto che si fa?

Da un lato è importante ridurre al minimo la permanenza in quel "limbo" dove, in attesa della risposta alla PCR, si trovano insieme i veri malati di Ebola con quelli che hanno la febbre e stanno male per altri motivi. I primi devono essere isolati dal resto del mondo appena possibile, i secondi devono uscire dall'anticamera della Zona rossa altrettanto rapidamente, per non rischiare di prendere proprio lì il virus che non hanno ancora incontrato. Purtroppo in alcuni casi il risultato è considerato dubbio e il test va ripetuto su nuovi campioni nei giorni successivi, fino a che l'incertezza si scioglie. Ma intanto si prolunga la permanenza tra "coloro che son sospesi".

Per i bambini piccoli che accompagnano un genitore malato la cosa si complica, perché spesso non c'è nessuno che possa occuparsi di loro. Sarebbero necessarie strutture adiacenti al Centro dove trattenerli in quarantena anche quando non hanno segni di malattia, dato che sono stati così vicini a Ebola. E non basta alloggiarli, occorrerebbe personale non sanitario per accudirli e misurare regolarmente la temperatura. È questo uno dei compiti per i quali sarebbero ideali i cosiddetti "sopravvissuti", cioè coloro che sono guariti e quindi sono ormai immuni, protetti dai propri anticorpi contro il virus.

Ma non c'è niente di tutto ciò. L'emergenza è un'altra, per crudele che sia. Non è quella dei bambini che hanno visto morire uno a uno i membri della famiglia, si sentono strappare dalle braccia dell'ultimo rimasto e circondare da strani marziani infagottati in tute che non permettono una vera carezza. Non è nemmeno quella dei bambini che, dichiarati non malati, tornano in villaggi da cui la loro famiglia è stata spazzata via, dove nessuno ha tempo di prendersi cura di loro e rischiano di ammalarsi comunque. No, l'emergenza è un'altra. È quella segnata dal computo dei cicli della PCR, implacabile Minosse dantesco che "giudica e manda" all'ingresso della Zona rossa. E alla sua uscita.

I guariti infatti sono considerati tali solo dopo che per due volte consecutive a distanza di due giorni la PCR risulta negativa (superiore a quaranta cicli). E sui morti gli addetti della squadra funeraria, prima di portarli alla sepoltura, eseguono un tampone orale per ottenere un campione da contrassegnare con lo stesso codice attribuito all'ingresso dal DSO, sul quale sempre con la PCR si otterrà la conferma finale che essi sono deceduti a causa di Ebola.

Oggi ci sono tre salme in sala mortuaria, che aspettano da oltre due giorni di essere prelevate. L'attesa è incresciosa, ma purtroppo non rara, soprattutto a cavallo del weekend; solo alla fine della giornata la squadra arriva e svolge la sua triste incombenza, avvolgendo poi le salme in bianchi sudari ermetici di plastica prima di caricarle sull'ambulanza.

Nonostante i ritardi, con un'organizzazione del genere nessun decesso dovrebbe poter sfuggire ai conteggi aggiornati quotidianamente dal ministero della Sanità della Sierra Leone e ripresi periodicamente sul sito dell'Oms.

Non dovrebbe. Ma Ebola cambia il senso di tutto, anche dei numeri.

5.
Cattive notizie

Novembre 2014

"I funerali non si possono più fare come una volta."

Suleiman scuote la testa. Sua sorella, appena ventunenne, è morta di parto stanotte e al dolore della perdita si aggiunge quello di non poterla salutare secondo la tradizione, secondo i riti.

"Vuoi prenderti alcuni giorni di ferie?" All'improvviso la colazione che stiamo consumando in sala mensa sembra di cenere. Non c'è solo Ebola. Purtroppo una giovane donna che perde la vita dando alla luce un figlio è una cosa "normale", in Sierra Leone, dove muoiono quasi mille partorienti su centomila. Senza considerare la mortalità infantile, una delle più alte al mondo, e la speranza di vita che non va oltre i cinquantasette anni.

"No, grazie. A casa non ho nulla da fare," rifiuta, serio. E riprende il suo strofinaccio. Suleiman è un membro del personale di pulizia della casa in cui viviamo, e uno dei tanti abitanti del luogo che lavorano qui o al Centro. Come tutti, deve sottostare alle nuove regole imposte dall'epidemia, che cercano di limitare e di rendere quanto più possibile innocui i contatti fra le persone e in generale gli assembramenti. Tra queste regole c'è il divieto di celebrare i funerali tradizionali, che in ogni parte del mondo sono d'aiuto e di consolazione a chi resta e che qui prevedono una forma di saluto collettivo al defunto, che viene lavato e preparato al grande viaggio. Tante mani toccano il corpo e quelle stesse mani, poi, si stringono ad altre, accarezzano parenti e amici. Molta gente concentrata in uno spazio ridotto, e il virus in agguato. È troppo pericoloso.

Usciamo. Fabrizio, infettivologo siciliano, viene con noi nonostante negli ultimi due giorni abbia avuto qualche problema intestinale. Stamattina però si sente bene e non vuole restare ancora in casa. Ieri abbiamo lavorato insieme per qualche ora sul foglio elettronico nel quale riportiamo tutti i dati dei malati, e dal quale cerchiamo di trarre i possibili spunti per capire quello che accade e perché. È un lavoro che Fabrizio fa volentieri, perché è affine alla sua natura precisa e meticolosa: è stato lui a elaborare insieme a Gina il sistema di raccolta dei dati, che ci stanno confermando quello che già sospettavamo: guadagnare tempo dopo l'inizio dei sintomi può essere la chiave per la guarigione. Per esempio il bambino arrivato insieme a sua madre è risultato infetto da Ebola, ma ce l'ha fatta. Lo abbiamo preso in tempo. Tenere in vita il più possibile i malati può significare dare la possibilità al sistema immunitario di elaborare, nonostante i raffinati meccanismi di "evasione" del virus, una adeguata risposta all'infezione da Ebola. Ora che abbiamo rivisto i protocolli di sostegno, rielaborato quelli di profilassi antibiotica e attivato i sistemi di monitoraggio e il laboratorio, cominciamo a osservare una flessione nella mortalità.

Dopo il lavoro sui dati, ieri Fabrizio è rimasto in camera per diverse ore e nel pomeriggio è riemerso con in mano la "pistola" per misurare la temperatura, che ci puntava alla fronte uno dopo l'altro.

"Che cosa stai facendo?"

"Voglio vedere se è tarata bene, perché a me segna 37,1."

Ci siamo guardati con perplessità: perché preoccuparsi per così poco? È una persona tranquilla, riservata e di poche parole, e non è sempre facile capire che cosa gli passa per la testa. Ci sono tante ragioni per avere un po' di diarrea e vomito in Sierra Leone, senza fogne né acqua potabile.

Quando stamattina arriviamo al Centro, non c'è allegria nei saluti: questa notte sono morti in due, padre e figlio. Per fortuna ci sono pazienti come Abu, il giovane calciatore che, dopo febbroni quasi leggendari, ben sopra i 40, con tutti gli esami del sangue fuori scala, ora migliora stabilmente: ha ricominciato anche a bere, fin troppo, dieci litri al giorno, e a fare le flessioni e le corsette nella tenda la mattina presto.

"Abu, non è proprio il caso: sei malato e devi stare a letto," provano a convincerlo.

"Ma io devo fare le flessioni!" Ne parla come se fosse una questione di vita o di morte. Ma il problema è ben altro: non è ancora fuori pericolo.

"Per fare le flessioni ti togli le cannule! È pericoloso!"

Ma lui non fa una piega, il suo umore è alle stelle. Vorrebbe battere il cinque a chi entra nella tenda e richiama in continuazione l'attenzione di tutti. Di fronte a quell'unica nota di allegria, tra letti in cui ogni giorno risalta lo spazio vuoto di una nuova battaglia perduta, nessuno ha cuore di sgridarlo più di tanto.

Anche perché c'è una nuova preoccupazione a cui dedicarsi: arrivati al Centro, ci ha accolti una pessima notizia relativa proprio a un funerale che ha fatto scoppiare un nuovo focolaio di Ebola in Mali, dove un precedente episodio era già stato bloccato con successo alcune settimane fa.

"C'era questo imam, Koita," comincia a raccontarci Manuele, la prima persona che incontriamo. Non è né medico, né infermiere, ma come gli altri logisti fa in modo che tutto funzioni e non manchi nulla: non a caso la logistica nasce come arte del rifornimento degli eserciti in guerra. Lavora nel Centro di Lakka, ma anche molto in giro, a contatto con la popolazione locale, ed è sempre informatissimo su quel che succede dentro e fuori dal Centro.

L'imam è, o meglio era, di Kourémalé, in Guinea. Un settantenne abituato ai privilegi del suo rango che quando si ammala decide di andare a curarsi in una clinica privata di Bamako, la capitale del Mali. Passare la frontiera tra Guinea e Mali vuol dire essere fermato al check-point dell'esercito maliano che, dopo aver misurato la temperatura, ha l'ordine di respingere tutte le persone con la febbre. Ma l'imam Koita non si fa portare al posto di frontiera principale di Kourémalé, tra Guinea e Mali. La sua Mercedes verde si infila in un passaggio secondario, poco battuto e sbuca in un piccolo posto di frontiera. Anche lì ci sono i controlli.

"Ci perdoni, ma lei ha la febbre. Dovrebbe tornare indietro."

"Un momento," li blocca l'imam Koita. Il tempo di digitare un numero sul suo cellulare e parlare brevemente con il responsabile politico del villaggio. Il quale a sua volta si fa passare l'ufficiale di frontiera. Questi ascolta e poi restituisce il telefono. L'imam può proseguire. Una "raccomandazione" fatale.

Ma dieci giorni di cure nella clinica di Bamako non valgono a nulla e il paziente muore, apparentemente a seguito di un blocco renale. Purtroppo pochi giorni dopo uno degli infermieri, che aveva assistito l'imam, muore per una forte febbre. Poi è la volta di un medico della clinica, quindi di un amico dell'imam che gli aveva fatto visita. È Ebola.

Nel frattempo l'imam riceve tutti gli onori funebri previsti dal suo rango: il cadavere viene lavato in una grande moschea della capitale, alla presenza di molte persone, che possono essere raggiunte facilmente da gocce di liquidi del lavaggio. Non è finita, perché il corpo viene trasportato nuovamente in Guinea e riceve un secondo funerale in un'altra moschea prima di essere seppellito.

Due funerali. Due nuovi trampolini di lancio per Ebola. Non sono belle notizie, per cominciare la giornata.

"Alcuni dei suoi familiari sono già morti," aggiunge Manuele.

"I possibili contagiati sono stati messi in isolamento?"

"Circa un centinaio. Parenti, infermieri, amici... Ma è una goccia nel mare."

"Due milioni di abitanti..." Ci guardiamo, pensando la stessa cosa. Sedici milioni in tutto il Mali, due milioni solo a Bamako, a centocinquanta chilometri dal confine con la Guinea. Infinite occasioni di contatto, piste libere per la marcia inarrestabile di Ebola.

Fabrizio non è ancora entrato nella Zona rossa stamani. È fuori dalla rete e raccoglie dalla voce di Elena, il medico con cui condivide il turno, i dati clinici e i parametri vitali dei malati che sta visitando. A un tratto chiama un infermiere perché prenda il suo posto. Si allontana, torna con una "pistola" con cui si misura la temperatura, poi con un'altra.

"Ho più di 39," ci dice. "Faccio un prelievo e torno a casa. Sarà malaria."

Lo sguardo corre verso la Zona rossa, dove due inservienti con la tuta protettiva trasportano fuori un peso tristemente familiare. Dentro c'è il personale dedicato all'igiene del malato e alla pulizia della tenda, gli infermieri che prendono i parametri vitali e somministrano la terapia, i medici che controllano i malati critici. E naturalmente qualcuno deve portare i defunti all'obitorio interno, dove giacciono in attesa della squadra dei seppellitori. È quello che stanno facendo ora. Non c'è bisogno di pensare al Mali, bastano queste tristi visioni a ricordarci che Ebola è qui: il numero impressionante di 50-60 nuovi casi al giorno, circa 5000 casi confermati dall'inizio dell'epidemia e circa 1500 casi confermati nella sola Freetown e dintorni, con una mortalità senza trattamento almeno del 70 per cento.

"Chi è?" chiediamo quando i due inservienti rientrano, spogliati dalle tute e rivestiti nei normali abiti da lavoro, nella Zona verde. La domanda non diventa più facile la decima volta che la poni, né la centesima, né mai. Vorremmo sempre che dalla Zona rossa uscissero sulle loro gambe, quei pazienti che guardiamo combattere la battaglia per la vita.

"Aminata," risponde uno dei due. "Non si agiterà più, poverina."

Aminata non voleva proprio star ferma. Per tre giorni non ha fatto che muoversi, strappandosi più volte le cannule che le venivano messe in vena per idratarla, cercando di alzarsi dal letto con l'unico risultato di cadere a terra e riempirsi di sangue. In settantadue ore è stata raccolta, lavata, rimessa a letto infinite volte, poi sedata per impedirle di farsi del male, ma è stato tutto inutile.

Eppure si stava riprendendo, eppure la diuresi era tornata... eppure. A volte Ebola sembra nient'altro che una lotteria, pronta a farsi beffe dei nostri sforzi.

Ora il suo corpo uscirà dal Centro con il prossimo veicolo governativo che conduce i defunti al luogo di sepoltura provvedendo alla messa in sicurezza della fossa. Come la sorella di Suleiman, anche Aminata non avrà la cerimonia tradizionale. Certo, le processioni funebri e le sepolture, compreso il tempo per le preghiere e per i riti religiosi, sono ancora consentite, purché si svolgano con l'aiuto di squadre funerarie ben attrezzate, mentre i famigerati riti di lavaggio sono sostituiti dall'aspersione del cadavere con le soluzioni disinfettanti a base di cloro. Che ne sarà stato dei parenti che con tanta fretta l'avevano scaricata al nostro cancello? Quanti di loro sono ancora vivi? E tra i defunti, quanti stanno ricevendo in clandestinità i riti tradizionali?

Perché in realtà nessuno può essere sicuro, nessuno può dire quanto siano applicate le disposizioni governative, soprattutto nelle aree più remote, lontano dai grandi centri abitati. Far cambiare abitudini a una persona è difficile, ma a un'intera comunità è quasi impossibile. Il pensiero magico è forte, Ebola è un concetto difficile da spiegare e il bisogno di stare col proprio caro, di vederlo in viso un'ultima volta è universale. Si chiede a questa gente di rinunciare alle proprie forme di conforto e di lutto per sostituirle con un saluto frettoloso, prima che il defunto sia definitivamente chiuso in un involucro impermeabile cosparso di disinfettante.

Quando cala la notte, non sono pochi i casi di funerali tenuti in segreto, con il defunto nascosto in casa. Un rischio enorme per tutti.

"Non basterebbe cremarli?" ha chiesto una volta un giornalista.

"Ci hanno provato. In agosto il governo liberiano aveva allestito un inceneritore a Monrovia: non sapevano più dove mettere i cadaveri."

"E non ha funzionato?"

"Mettiamola così. Lei brucerebbe 'vivo' un parente?"

Già. Nell'emergenza è facile dimenticare che stiamo trattando un concetto complesso: la morte. Non occorre essere antropologi per capire che la distinzione tra vita e morte qui in Sierra Leone non è netta. Basta ascoltare i locali. Quando una persona non sta bene, per esempio perché è malata, qui dicono che sta "vivendo un poco". E anche da defunti si sta vivendo ancora "un poco", fino a che il corpo non è completamente distrutto. Brucereste una persona che sta vivendo, seppure non pienamente? Loro non lo farebbero. Non lo fanno.

E così nel caso liberiano, per evitare la cremazione, considerata in qualche modo più temibile della morte, molti si sono rifiutati di andare in ospedale e i familiari li hanno poi spesso sepolti di nascosto. Almeno questa è una delle spiegazioni che il governo della Liberia ha dato quando alla fine di ottobre ci si è accorti che quasi la metà dei letti allestiti in tutta fretta nei centri di trattamento restava misteriosamente vuota. Il governo di Monrovia ha cercato di trovare una soluzione di compromesso, stanziando 50.000 dollari per l'acquisto di un terreno di 50 ettari alla periferia della capitale, Disco Hill. Qui, in zone divise tra musulmani e cristiani, i parenti potranno salutare i congiunti secondo le loro tradizioni, ma senza toccare le salme. Che verranno sepolte con dignità e rispetto. C'è anche il progetto di un memoriale per ricordare i defunti. È qualcosa, anche se non basterà.

"I funerali non si possono più fare come una volta." Ma la gente ci prova lo stesso. "L'amore è più forte della morte" è una citazione che si trova spesso sulle nostre iscrizioni tombali. Da queste parti sicuramente è più forte della paura della morte.

Anche nella sala medici, il tema dei funerali tiene banco, per via di un articolo su "Science" pubblicato da un gruppo di statistici dell'Università di Yale. Hanno cercato di analizzare quali interventi non medici possono maggiormente incidere per bloccare la trasmissione del virus e la loro conclusione è che la strategia di gran lunga più promettente è quella mirata al controllo dei funerali, perché ogni morto funge da moltiplicatore della diffusione di Ebola (*super-spreader* è il termine tecnico). Se tutti i cadaveri fossero sepolti con le precauzioni sanitarie necessarie, evitando ogni contatto con i presenti, l'epidemia rallenterebbe fino a fermarsi in breve tempo. Certo, sono importanti anche l'isolamento dei malati, la quarantena dei contatti e la protezione degli operatori sanitari (anche perché la capacità di assistenza e intervento medico deve essere assicurata), ma da soli non basterebbero comunque a fermare il procedere del virus.

Sicuramente il funerale della sorella di Suleiman sarebbe stato diverso da quello di Aminata, ed entrambi ben lontani da quello dell'imam morto a Bamako, pur essendo tutti musulmani, come circa i due terzi della popolazione locale: se non altro per il diverso ruolo sociale. Il rito del lavaggio del cadavere fa parte della Sharia islamica, ma presenta ampie variazioni secondo i luoghi e le circostanze, ed è difficile anticipare che cosa accade in realtà. Una morte per parto significa un corpo non contagioso di per sé, quindi meno pericoloso. Ma ogni rito collettivo si svolge comunque in un locale affollato, con possibilità di contatto fra persone, alcune delle quali potenzialmente malate. Ogni persona che si sposta per partecipare a una cerimonia è un veicolo che permette a Ebola di diffondersi.

Per questo la prima vittima di Ebola è la persona. La seconda è l'intera comunità.

Non è la questione dei funerali né la notizia della morte di Aminata che renderà questo giorno diverso da tutti gli altri: diverso e terribile. Nel pomeriggio Manu viene a cercarci, ci interrompe senza nemmeno scusarsi mentre discutiamo il caso di Iye, la più anziana fra tutti i pazienti che abbiamo visto finora: settantaquattro anni, professione guaritrice. Ha accusato i sintomi della malattia dopo aver partecipato a un funerale ed è venuta subito da noi. D'altra parte non si arriva a quell'età senza un po' di buonsenso. Non ha nessuna pazienza, però: non si riesce a convincerla a tenere le cannule venose e il catetere vescicale. Non li sopporta, dice. Ci stiamo accalorando sulle strategie per vincere le resistenze dell'indomabile nonna quando Manu piomba nella conversazione, il viso terreo, e butta fuori tutto d'un fiato: "Hanno telefonato dal laboratorio: Fabrizio è positivo".

Ci guardiamo in faccia senza parlare.

Sappiamo già tutto quello che accadrà ora. Solo non sappiamo come finirà.

Diremo a tutti che siamo sicuri: Fabrizio ce la farà, perché è forte e determinato. La verità è che non lo sa nessuno come e perché si muore o si guarisce da Ebola.

Fabrizio è a casa, chiuso nella sua camera, in isolamento, e lì aspetta l'esito della sua PCR. Abbiamo bisogno di riprendere fiato prima di affrontarlo.

Dopo aver visto centinaia di responsi positivi o negativi, dopo esserci abituati a ogni fatalità, dopo aver assistito a decine di condanne a morte e a molto più rari ritorni alla vita, quando tocca a noi è sempre un'altra storia, per quanta compassione possiamo mettere in tutto quello che facciamo qui. Noi occidentali, noi che veniamo da un altro mondo, noi che siamo qui per nostra volontà. Noi che potremmo anche andarcene, prima di dover essere rimpatriati come succederà a Fabrizio con l'Ebola in corpo, e magari essere considerati come untori. A noi che siamo amici di Fabrizio, che abbiamo lavorato e scherzato con lui fino a poche ore fa, ora spetta dirgli che la sua PCR è positiva. E ci tocca farlo senza poterlo abbracciare.

Ormai è un intoccabile.

Fabrizio
"Sei contagiato."

La notte tra il 21 e il 22 novembre, dopo un sonno agitato per l'intensa nausea, ho un episodio di vomito. Non mi allarma particolarmente: potrebbe essere dovuto a qualcosa che ho mangiato la sera prima. Vorrei andare al lavoro ma mi sento troppo male e sono costretto a restare in casa. Trascorro la giornata leggendo un po' di letteratura scientifica, riordino i miei appunti e le mie foto, scambio impressioni e opinioni con Gino e Roberto a proposito del nuovo ospedale da cento posti letto in costruzione a Goderich.

Ho visitato l'area qualche giorno fa e da subito mi ha colpito l'efficienza del personale britannico che lo sta edificando; le tende sono ben più alte di quelle che abbiamo al Centro di Lakka, che al confronto di questi giganti di tela sembrano quasi delle canadesi. All'interno, nonostante l'aria condizionata non sia stata ancora montata, l'ambiente è più fresco e confortevole per il ben noto effetto dello spostamento verso l'alto dell'aria più calda. I percorsi sono ben concepiti, le aree in muratura, dove staranno i letti per l'unità di terapia intensiva, ben organizzate. Insomma tutto sembra progettato con la massima cura e con una precisione invidiabile e non vedo l'ora di lavorarci.

Nella notte, uno dei frequenti temporali ha rinfrescato l'aria, e in questo sabato mattina abbiamo potuto persino spegnere l'aria condizionata e goderci appieno i profumi dell'Africa. Mi scopro a pensare che quando me ne andrò mi mancherà la vista della piccola insenatura dove i pescatori del villaggio si procurano quanto necessario per il loro sostentamento, mi mancheranno questo ambiente amichevole e le sue fragranze. Ma per ora, da come infuria l'epidemia, non sembro destinato ad andarmene tanto presto.

La giornata trascorre piuttosto serenamente senza altri disturbi fino a sera. Per cena le due cuoche sierraleonesi preparano come sempre pietanze gustosissime con pollo arrosto, humus e insalate miste, ma riesco appena ad assaggiarle. La nausea mi assale di nuovo, un malessere generale che trova pace solo nel sonno. E che la mattina dopo sembra svanito: mi sento bene e vado regolarmente al lavoro. Penso che i disturbi di ieri dipendono probabilmente da qualcosa di banale e transitorio: le gastroenteriti in Africa sono frequenti e ho avuto sintomi simili nel corso di una missione in Kurdistan.

Come ogni giorno, dopo lo scambio di informazioni con i colleghi del turno di notte ci organizziamo per la visita nella Zona rossa. Durante la notte è morto un bambino di dodici anni e il morale è piuttosto basso, ma non per questo possiamo fermarci: gli altri pazienti hanno bisogno di cure e di attenzioni. Dovrei entrare nella Zona rossa con il secondo turno ma qualcosa non va. Mi sento stanco nonostante nella notte abbia riposato, ho ripreso ad avere nausea e iniziano a manifestarsi dolori addominali. Per scrupolo impugno un termometro "a pistola", me lo punto in fronte e premo il grilletto: 37,3 °C. Poco male, con il caldo che c'è dentro la tenda è normale avere la temperatura un po' sopra la norma. Comincio ad aggiornare le cartelle cliniche mentre Elena, la collega con la quale condivido il turno, si prepara per entrare nella Zona rossa. Mezz'ora dopo lei è dentro le tende e io fuori a ricevere le sue comunicazioni: mi grida i parametri vitali e gli aggiustamenti di terapia dei pazienti che annoto nelle cartelle cliniche. Ma faccio fatica a concentrarmi.

"Per favore, puoi sostituirmi?" devo chiedere infine a uno degli infermieri internazionali presenti. C'è qualcosa di strano, è come se all'improvviso non riuscissi a tollerare il caldo umido; e dire che abbiamo avuto giornate ben peggiori, con la temperatura che sfiorava i 38 °C. Invece proprio oggi la sudorazione sta diventando insopportabile e avverto un'insolita arsura. Bevo succo di ananas con l'aggiunta di sali minerali che, tuttavia, non basta a sedare la mia sete.

"Mi prendi un termometro nuovo dal magazzino?" chiedo a Milos. Qualche minuto dopo punto di nuovo la pistola-termometro alla mia fronte: 39,3! Non è possibile. Dev'essere guasto. Ricontrollo con l'altro termometro che ho usato prima, ma il verdetto dei due strumenti è coerente, con un minimo scarto: la mia temperatura è sopra i 39. A quel punto non posso non tirare le somme. Potrei essere contagiato. Certo, le cause di febbre in Africa sono innumerevoli, prima fra tutte la malaria, ma l'insieme di sintomi punta dritto a Ebola.

Chiamo la coordinatrice medica, chiedo l'autorizzazione per sottopormi alla ricerca in PCR del virus.

L'infermiere di turno ha l'aria preoccupata mentre, dieci minuti dopo, mi accompagna nel magazzino e, al riparo da occhi indiscreti per evitare il panico, mi preleva (dopo essersi opportunamente protetto) una provetta di sangue per inviarla subito in laboratorio.

Intanto non posso rimanere in ospedale. Fuori dal cancello c'è un autista in attesa. Mi tolgo gli abiti da lavoro – i pantaloni bianchi, la maglietta rossa e gli stivali di gomma – e salgo a bordo del pick-up Toyota. In quindici minuti sono a casa, dove mi aspettano tutti gli altri.

"Visto che vuoi fare l'‘eboloso'," mi dice Gina sorridendo, "comportati di conseguenza e chiuditi nella tua stanza!" Modi scherzosi per allentare la tensione ed esorcizzare la paura.

È comunque quello che sapevo di dover fare. Bisogna evitare qualunque contatto con gli altri finché non avrò la certezza di non essere contagiato. In camera comincio a ripercorrere mentalmente tutte le volte che sono entrato nella Zona rossa, alla ricerca di errori, di imprecisioni, di qualcosa, insomma, che possa avermi esposto al contagio. Ma nei miei ricordi non trovo alcun passo falso. Verso l'una ricevo un vassoio con il pranzo, non ho fame ma so che devo mangiare. Intanto l'intero piano inferiore che fino a stamattina fungeva da ufficio, dove si trova anche la mia stanza, è stato quasi completamente abbandonato, tutto è stato spostato al piano superiore. Apro la porta e contemplo quel deserto con una certa tristezza: fino a poche ore fa brulicava di persone, notebook, bottiglie e bicchieri, cavi elettrici e cellulari, e ora restano solo i pesanti tavoli di manifattura locale e le sedie. Il resto è silenzio.

Nelle ore successive, anche se i risultati della PCR devono ancora arrivare, si fa strada l'idea del contagio. La febbre, grazie al farmaco assunto non appena rientrato, è scesa a 37, ma mi sento inquieto e preoccupato. Non sono pronto per morire e non voglio morire senza aver rivisto le mie figlie, penso. So bene che l'infezione da Ebola in oltre la metà dei casi è mortale.

Intorno alle sei di sera mi chiamano.

"Fabrizio, apri la porta." È la voce di Gina.

Capisco che non sono buone notizie. Altrimenti avrebbe bussato, avrebbe aperto lei la porta. Evidentemente non può avvicinarsi. E quindi sono contagioso.

Inspiro a fondo e apro la porta. Gina è lì, con la faccia seria. Senza tanti giri di parole mi dà la notizia: "La PCR è positiva, sei contagiato".

Faccio qualche passo indietro, sento il bordo del letto contro le gambe, cado a sedere. Dalla soglia Gina mi guarda, vicina e irraggiungibile come la vita di prima.

Come è potuto succedere? Insieme a Gina – io sull'uscio della mia stanza e lei seduta a circa tre metri da me, come quando si fa il triage – ripercorriamo all'infinito le mie settimane nella Zona rossa, ma nemmeno con il suo aiuto riesco a capire quale possa essere stato il momento del contagio.

Ma a questo punto conta relativamente poco. Ora l'importante è decidere il da farsi.

"Vuoi essere curato qui o portato in Italia, all'Istituto Spallanzani?"

"Fatemici pensare." Dietro la mia porta chiusa, valuto le opzioni. Poi li chiamo al telefono. Arrivano quasi subito.

"Ho deciso di essere rimpatriato," comunico.

"D'accordo. È probabile che potrai essere curato meglio."

"Non è solo questo." Faccio una pausa, è difficile dare voce a un pensiero del genere. "Preferisco essere rimpatriato da vivo," aggiungo.

"Non dire sciocchezze, naturalmente guarirai," ribatte Gina.

"Ebola non perdona," le ricordo. "Sappiamo tutti che potrei morire. E rimpatriare una salma è già difficile in condizioni di morte naturale, figurarsi quanto sarebbe complicato riportare in Italia il mio cadavere contagiato."

Vedo che alle parole "il mio cadavere" si irrigidiscono, ma bisogna dire le cose come stanno, nascondere la testa nella sabbia non gioverebbe a nessuno. Potrei morire e se ciò accadesse voglio che alla mia famiglia siano risparmiati quanti più disagi possibili.

"Va bene. Organizziamo subito il tuo rientro," si limitano a rispondere. Non è un'operazione agevole. C'è da concordare il ricovero con lo Spallanzani, certo; ma c'è anche da attivare l'unità di crisi della Farnesina, coinvolgere il ministero della Salute, l'Aeronautica militare e chissà quali altre istituzioni e personalità. Passa poco tempo prima che mi comunichino: "Vengono a prenderti domani nel primo pomeriggio".

Un aereo dell'Aeronautica militare mi preleverà e mi porterà a Roma. Bene. Non resta che trascorrere la notte.

6.
In mezzo alla sarabanda

Novembre 2014

Non è facile immaginare come Fabrizio si sia preso Ebola, prudente e ligio alle regole dentro e fuori dall'ospedale. Speriamo che presto potremo parlarne con lui. Per ora riposa, dietro la porta chiusa che lo isola dal mondo. Ha incassato lo shock dell'annuncio in modo apparentemente indolore, come se quello che gli sta accadendo fosse davvero un'eventualità messa in conto nel profondo, in maniera consapevole. Ora comunichiamo per telefono: quando ha bisogno di qualcosa – acqua, cibo, medicinali o altro – mettiamo il necessario in un vassoio usa e getta davanti alla porta e lasciamo che lo prenda da solo.

Intanto in casa tutti vanno e vengono, parlano al telefono e su Skype, salgono e scendono le scale: intorno a un tavolo si improvvisa una riunione. È domenica, ci siamo quasi tutti.

Ci sono da predisporre il rientro in Italia e il ricovero per Fabrizio: abbiamo concordato che la soluzione migliore sia mandarlo all'ospedale Lazzaro Spallanzani, a Roma. Bisogna organizzare la cosa con Beppe Ippolito, direttore dell'istituto, ma anche condividerla con tutti i ministeri e le autorità che hanno voce in capitolo... Tanti sono i dettagli e i responsabili, e altrettante le telefonate, le email, gli accordi e i disguidi possibili.

"C'è una cosa che mi dispiace più di tutte," dice Fabrizio dall'uscio della sua stanza, a un certo punto di questa sarabanda.

"Una sola?"

"Che per nessuno di *loro* è stato fatto tutto questo."

Loro, i malati africani. Loro, i malati non occidentali. Di serie B. È una vecchia storia, ora non c'è tempo per altre amarezze. C'è anche da riorganizzare la nostra vita in questa casa, tenendo conto che, col senno di poi, negli ultimi giorni Fabrizio poteva già essere contagioso, anche se ha iniziato ad avere febbre alta solo stamattina e ora, grazie ai farmaci, è già sfebbrato. Ebola, lo sappiamo, non mette fuori il naso dal suo ospite fino a che non comincia a produrre la malattia, e anche nei primi due o tre giorni di febbre la contagiosità resta bassa, tant'è vero che spesso la stessa PCR agli inizi risulta negativa.

"Quella di Fabrizio però non solo è positiva, ma anche con un numero di cicli basso: vuol dire che ha già miliardi di virus nel sangue."

"Allora forse i primi sintomi erano quelli intestinali degli ultimi giorni: ci dobbiamo considerare tutti esposti?"

L'unica cosa che non si percepisce in casa è la paura: tutti sembrano ragionare con grande lucidità. Nessuno ha mai dormito nella stessa stanza con Fabrizio, né ha usato il suo bagno. Però abbiamo condiviso gli spazi comuni e spesso mangiato insieme, con piatti e bicchieri che sono poi lavati a mano dal personale locale. Stando a quello che sappiamo, il rischio che qualcuno di noi sia stato infettato è minimo, e non avrebbe senso metterci tutti in quarantena, ma dobbiamo prendere alcune precauzioni.

Smettiamo subito di usare il piano sottostante, dove c'è la stanza di Fabrizio, e ci distribuiamo tra il piano superiore e altre case. Poi, dopo la sua partenza, faremo disinfettare tutti gli ambienti dove è rimasto da personale che indossa la tuta di protezione, svuotare la sua stanza e bruciarne il contenuto in un inceneritore. Intanto, per tutto il tempo di una potenziale incubazione, continueremo a monitorare la temperatura dei presenti e i sintomi sospetti.

Per quanto tempo dovremo rimanere sotto stretta osservazione, in altre parole quanto può durare l'incubazione? La risposta ufficiale è circa una settimana, ma può variare da un minimo di due giorni a un massimo di tre settimane, ed è questo il motivo per cui chi è stato esposto a un possibile contagio deve essere monitorato – o addirittura isolato se il rischio è alto: la cosiddetta quarantena – per ventuno giorni. Ovviamente a questo limite non corrisponde un passaggio dal nero al bianco: non è vero che fino al ventunesimo giorno la possibilità che la malattia si manifesti è ancora cento, e dal giorno dopo è zero. Questo è il modo "magico" di interpretare le conoscenze della medicina, il più diffuso e comunemente applicato. Il modo corretto richiede una comprensione del concetto di probabilità e di come vada applicato ai casi individuali, prassi che purtroppo è pane per pochi denti, anche tra i medici. Queste cose bisognerebbe insegnarle a scuola.

La prima notte trascorre tranquilla con Fabrizio, sempre isolato nella sua camera, che è quasi sfebbrato e dice di sentirsi abbastanza bene, ma seguono altre ventiquattr'ore frenetiche di preparativi per il suo rimpatrio. Intanto, anche per distrarlo dai pensieri di quello che l'attende, riprendiamo con lui l'esercizio di immaginare come possa essersi infettato.

E come in altre occasioni precedenti e successive, non caviamo un ragno dal buco. Passare in rassegna tutti i giorni trascorsi a Lakka, tutti gli ingressi nella Zona rossa, tutti gli episodi insoliti, non ci porta a nessun risultato.

Non saperlo non è rassicurante, né per noi né per tutti quelli che da domani ci faranno la stessa domanda. Andiamo a rileggere sui vecchi quotidiani e settimanali quello che hanno detto gli altri volontari internazionali che si sono ammalati di Ebola e sono stati curati in Europa o negli Stati Uniti. Sono poco più di una ventina. Di loro si conosce quasi ogni dettaglio dai media, tranne il modo con cui si sono infettati, pur lavorando tutti con la massima protezione. Ma anche tra le centinaia di operatori africani che si sono ammalati, e che perlopiù sono morti, sono meno della metà quelli per cui si può individuare l'origine del contagio, che molto raramente (neanche il 2 per cento) risale a un contatto professionale all'interno di un centro per Ebola. In maggioranza, per gli abitanti del posto si trova un'occasione esterna: un funerale, un rapporto sessuale o comunque un contatto fisico diretto con qualcuno che era infetto e già contagioso senza saperlo. Nulla di tutto questo nella storia di Fabrizio.

Lo salutiamo sulla porta di casa, mentre infermieri con gli scafandri lo caricano sull'ambulanza e noi rimaniamo a dovuta distanza. Da quel momento, per molti giorni non avremo sue notizie se non per interposta persona.

Anche se fossimo presenti, per noi sarebbe comunque impossibile conoscere che cosa gli passa per la testa in questi momenti. Da quel che ci ha detto nelle ultime ore, vorrebbe mantenere la calma e la lucidità e osservare lo sviluppo della malattia anche su se stesso come faceva sugli altri, sperando di non soffrire troppo. Da medico sa che può presto arrivare un tempo in cui questo non sarà più possibile, che uno degli effetti della malattia sul cervello, e in parte della sedazione, è l'apertura di buchi neri nella memoria in cui scompaiono le ore e i giorni. È un ben noto meccanismo di difesa con cui si rimuovono i momenti critici, quando la vita è in bilico, soprattutto nei reparti di rianimazione, e anche nel caso di Ebola arriva il momento in cui la coscienza prima si confonde, poi si annebbia e si affievolisce, fino a spegnersi temporaneamente.

Solo temporaneamente: lo speriamo con tutte le nostre forze mentre l'ambulanza si allontana.

Fabrizio
Se guarisco tornerò in Sierra Leone.

Sono le otto di sera e sento caldo. La mia temperatura è 37,8. Forse sono ancora sotto l'effetto dell'antipiretico assunto la mattina. Ma qualche ora dopo, verso le undici, la febbre arriva a 39. Prendo un'altra bustina del farmaco e mi rimetto a letto.

La mattina dopo sto piuttosto bene, 36,8. Intorno alle nove mi raggiunge Max, uno degli infermieri internazionali, un emiliano di cui mi fa simpatia la tipica "s" strascicata che dà a ogni conversazione un fascino speciale.

"Sono il tuo angelo custode," mi comunica in tono scherzoso. "Mi prenderò cura di te finché non parti." Ne sono felice; è uno degli infermieri più estroversi – ma forse lo sono tutti gli emiliani – e con lui ho lavorato bene. "Sono di sopra, per qualsiasi cosa chiamami," aggiunge.

Ma non mi serve granché. Verso mezzogiorno Max mi informa che l'aereo arriverà intorno alle quattro e che i medici dell'Aeronautica militare hanno richiesto il posizionamento di un catetere venoso.

"Bene," dico, "allora faccio una doccia e poi mi metti il catetere."

"Non è tutto," aggiunge Max. "Hanno anche detto che dovrai indossare il PPE."

"Perché?" chiedo sorpreso.

"Non so dirti," risponde Max. "Disposizioni ministeriali."

Mentre faccio la doccia e mi vesto, anche Max indossa il suo scafandro antiEbola.

"Siamo pronti per il 'buco'," mi dice non appena apro la porta della mia stanza, in tono rassicurante.

"E facciamolo questo 'buco'," rispondo. Qualche minuto dopo ho il catetere vascolare posizionato nella vena del braccio. Durante l'operazione è arrivato Leo, l'addetto alla logistica che appena Max conclude le sue manovre mi informa in tono di scusa: "Come sai tutti i tuoi effetti personali, purtroppo, dovranno essere portati all'inceneritore".

"Non posso portare via nulla?" chiedo a Leo.

"No, purtroppo no. Sai bene che ogni oggetto è una potenziale fonte di contagio."

"Ma, ascolta, almeno la macchina fotografica, la videocamera, l'hard-disk portatile... Ci sono anni di lavoro lì dentro," protesto.

"Mi dispiace, non possiamo rischiare." Poi Leo aggiunge: "Hanno telefonato dall'aeroporto di Pratica di Mare a Roma: l'aereo decollerà con due ore di ritardo per cui non partirai più alle quattro ma alle sei".

L'attesa è brevissima ed eterna al tempo stesso. Poco prima delle sei è tutto predisposto per la partenza, fuori dalla casa dove ho vissuto nelle ultime settimane è pronta l'ambulanza e, tutt'intorno, tanti dei colleghi coi quali ho lavorato al Centro di Lakka sono accorsi per salutarmi. C'è anche Gino che mi incoraggia fino all'ultimo rassicurandomi.

"Stai tranquillo, andrà tutto bene; ce la farai," mi dice con il pollice rivolto verso l'alto.

"Lo spero proprio," ripeto il suo gesto in segno di ottimismo, ma la verità è che nessuno di noi due sa alcunché.

Partiamo. Io in ambulanza davanti e, dietro, Luca e Leo che mi "scortano" sul pick-up.

La strada verso l'aeroporto è lunga, in parte sconnessa; sono chiuso nel vano posteriore separato da un vetro dall'autista locale e da Max, che controlla che io stia bene. L'autista è un sierraleonese con una pettinatura rasta a cui manca solo la barba per somigliare a Bob Marley, e mentre ascolta la sua musica muove la testa a ritmo. Fa del suo meglio per rendere agevole il percorso ma le strade sono quelle che sono. Per ingannare la monotonia del viaggio faccio qualche telefonata: a Gina, per ringraziarla di essermi stata vicina; poi a Elena, la collega anestesista torinese che, giocando sulle mie origini meridionali, ho soprannominato "Savoia". Lei si arrabbia un po', ma sta allo scherzo.

"Ciao Savoia."

"Come vai tu?" chiede col suo accento piemontese.

Le descrivo le strade che sto percorrendo. Di tanto in tanto, quando attraversiamo qualche centro abitato, la mia voce è coperta da un infernale rumore di clacson. Anche lei prova ad analizzare ciò che può essere successo, invano. In compenso mi snocciola le statistiche degli occidentali che, rimpatriati, sono guariti dall'infezione da Ebola.

"Guarda che in Occidente almeno il 70-80 per cento sopravvive," tiene a precisare Elena.

"I numeri li conosco." Mantengo un tono rassicurante ma non riesco a non pensare che potrei anche fare parte dell'altro 20 o 30 per cento.

"Dai, stai su. Ci sentiamo non appena ti sarai rimesso. Vedrai che andrà tutto bene," aggiunge.

"Tranquilla. Ce la metterò tutta."

"E poi devi tornare per darmi una mano. Mica puoi lasciarmi da sola con tutti questi indemoniati," scherza lei.

Sorrido. E prometto a me stesso: se guarisco, tornerò in Sierra Leone.

Intanto il paesaggio dal finestrino dell'ambulanza inizia a cambiare: stiamo salendo in collina, l'umidità diminuisce. Ma poi comincia a piovere e nell'aria si sente il profumo della terra bagnata misto a quello di legna bruciata: vedo alla mia destra qualche casolare, qualche capanna con piccoli fuochi accesi. Ricordo la fragranza dell'autunno sull'Etna, la mia terra che non ho visto quest'anno, e faccio a me stesso un'altra promessa: "Se guarisco, non appena possibile, vado a fare un'escursione e a dormire in uno dei rifugi". Intanto cala la sera; la pioggia diventa più sottile ma continua. Il rumore dell'acqua e il rollio dell'ambulanza mi inducono sonnolenza ma non cedo alla stanchezza. Voglio ricordare ogni momento di questo trasferimento; voglio fissare nella mente ogni colore, ogni odore, ogni casa e ogni capanna che scorre fuori dal mio finestrino.

Ci vogliono più di quattro ore per arrivare all'aeroporto di Freetown, la capitale. L'aereo dell'Aeronautica militare italiana non c'è ancora. L'addetto dell'aeroporto, uno dei pochi sierraleonesi di bassa statura, ci mostra dove dobbiamo aspettare. L'ambulanza e il pick-up si posizionano con il muso rivolto verso la pista di atterraggio. Tutti scendono dalle auto per sgranchirsi le gambe. Io non posso; io sono il paziente; io sono contagiato e devo restare separato. Apro il portellone posteriore per respirare un po' l'aria fresca della notte; sono quasi le undici di sera e il cielo è terso. Violo le regole e accendo una sigaretta; me lo posso permettere, penso tra me e me, tra qualche giorno potrei essere morto comunque.

Dopo quasi un'ora di attesa vediamo sulla linea dell'orizzonte le luci dell'aereo. Ci siamo, prepariamoci. L'aereo atterra e completa le manovre di avvicinamento.

I miei accompagnatori si avvicinano al gigante, un Boeing 767 grigio il cui portellone laterale lentamente si apre. Un fiotto di luce bianca si spande da quella ferita sul fianco mentre gli operatori aeroportuali avvicinano la scaletta alla parte anteriore. Osservo con curiosità le operazioni; vedo accanto alla scaletta quattro o cinque persone che indossano i dispositivi di protezione, tute bianche che li fanno sembrare degli astronauti. Parlano brevemente con Max, Leo e

Luca e poi tornano verso l'aereo per supervisionare le operazioni di scarico di una attrezzatura. I miei tre accompagnatori si avvicinano. Ho richiuso il portellone dell'ambulanza, si avvicinano al finestrino in modo che possa sentirli.

"Hanno detto che devi indossare soltanto i calzari per non rovinare l'interno della barella ad alto contenimento biologico," mi comunica Max indicando il dispositivo che stanno portando giù con l'ausilio di un montacarichi. "Ma devi tenere la mascherina fino a quando non sarai dentro."

Osservo lo strano involucro. Sembra una gigantesca incubatrice, illuminata da led nella parte superiore.

"Va bene," annuisco.

Tolgo la tuta e tengo i calzari. Scendo dall'ambulanza e, fiancheggiato da Max e Luca, mi avvicino alla barella vicino alla quale trovo due infermieri e un collega anestesista che si avvicina e si fa riconoscere. È più giovane di me ma abbiamo lavorato insieme nella stessa azienda sanitaria; lui ha deciso di arruolarsi in Aeronautica e adesso lavora come medico militare. Strano incontrarsi qui, su una pista d'atterraggio in Sierra Leone, trasformati in un medico e un paziente. I due infermieri mi spiegano come entrare nella barella.

"Adesso ti aiutiamo sollevandoti per le ascelle fino a quando i tuoi piedi toccheranno il bordo della barella; poi dovrai semplicemente camminare," mi istruisce uno dei due. La sua voce è quasi emozionata ma capisco che sta cercando di rassicurarmi.

Entro nella barella ad alto contenimento biologico: è piuttosto spaziosa, riesco a fare qualche movimento e a stare seduto. Sopra di me, una fila di luci illumina l'interno e dalle pareti in materiale plastico trasparente sbucano, due per lato, guanti di gomma per la manipolazione in sicurezza di chi sta dentro, e introflessioni di almeno trenta centimetri di diametro. A cosa serviranno? Me lo chiedo per poco: quasi subito uno dei due operatori introduce la testa in una di esse e mi trovo a meno di cinque centimetri dal suo volto, separati dalla plastica trasparente. Il montacarichi inizia la risalita e lentamente la barella viene introdotta nella pancia dell'aereo. Saluto un'ultima volta gli amici di Emergency che mi hanno accompagnato e loro di rimando si portano pollice e mignolo all'orecchio destro per dirmi che ci sentiremo per telefono. Annuisco e alzo il pollice in un ottimistico "va tutto bene".

"Il trasferimento durerà circa sei ore," mi dice calmo l'ufficiale pilota, un colonnello alto e dai modi sobri.

Sento i motori rollare. L'equipaggio prende posto e allaccia le cinture di sicurezza. Le allaccio anch'io all'interno della barella. Sento la spinta dei motori che imprimono l'accelerazione e decolliamo.

Siamo in volo verso Roma.

7.
Appuntamento a Waterloo

Novembre 2014

"Da Freetown saranno venti miglia, tutta strada asfaltata, ma vi ci vorranno due ore. Avete il mio numero di telefono, se vi perdete chiamatemi. Ci vediamo a Waterloo."

L'ultima frase suona come un appuntamento con la storia: Waterloo, la cittadina del Belgio che nel 1815 vide la sconfitta di Napoleone e la morte di oltre quarantamila soldati. Naturalmente si tratta di un'altra Waterloo, una città piuttosto importante qui in Sierra Leone, a poca distanza dalla capitale. E forse si tratta comunque, in realtà, di un appuntamento con la storia. Perché potrebbe essere l'occasione che cercavamo. Se la montagna non va a Maometto...

Partiamo nel giro di poche ore su due auto: coordinatori, medici, infermieri, logisti. C'è anche chi fa riprese video e foto. Siamo diretti all'appuntamento con padre Maurizio, è lui che ci ha telefonato. È un missionario di Treviso, che vive e opera in Sierra Leone da vent'anni, tra guerre, pestaggi, rapimenti, miseria e ora anche il flagello di Ebola. Ci ha chiesto aiuto. A Waterloo c'è bisogno di tutto, anche di noi.

Waterloo è uno snodo cruciale sulla strada che collega la capitale Freetown con l'interno oscuro del paese, verso Port Loko e oltre. Deve il suo nome altisonante ai colonizzatori inglesi che la battezzarono quattro anni dopo la loro celebre vittoria contro Napoleone. Fu costruita per ospitare ex schiavi liberati ed ex militari del West India Regiment provenienti dai Caraibi.

Nella sua area fu ricavato anche un aeroporto militare inglese nella Seconda guerra mondiale e, dal 2001, quel grande spazio libero viene utilizzato come campo di sfollati sfuggiti alla guerra civile in Liberia e in Sierra Leone, che da allora vivono a migliaia ammassati in baracche. Oggi l'ex campo profughi di Waterloo è diventato una comunità stabile, senza che la qualità degli alloggi e dei servizi sia migliorata, ed è stato ribattezzato Kissy Town: la sua comunità, circa trentacinquemila persone – oltre a soffrire per la cronica scarsità di acqua pulita, le condizioni igieniche precarie e dissenteria e malaria – è ora anche particolarmente colpita da Ebola.

Per raggiungere Waterloo attraversiamo Freetown e ci arrampichiamo su colline rigogliose per poi ridiscendere in pianura e proseguire verso sud, costeggiando sulla destra la riserva naturale della Western Area, una foresta che ospita molte specie minacciate da estinzione, soprattutto una ricca varietà di uccelli e di antilopi.

"Dovevano farne un parco nazionale, ma..." accenna l'autista, ma l'invasione di Ebola ha sospeso ogni progetto. "Da quella parte si va al Tacugama Chimpanzee Sanctuary. Ospita gli esemplari che erano stati catturati per farne animali da compagnia e poi sono stati abbandonati," aggiunge.

Lì finora non si sono verificati casi d'infezione, né tra il personale né tra gli animali della riserva; questa volta sembra che in Africa occidentale tra i grandi primati non ci sia in atto un'epidemia di Ebola parallela a quella nell'uomo, come nelle precedenti occasioni nel Centro Africa. Ci chiediamo perché: forse questa volta il virus si è trasmesso direttamente all'uomo dal serbatoio naturale costituito da alcune specie di pipistrelli, senza passare attraverso l'infezione di primati?

Superiamo l'ospedale dei cinesi, cinto da alte mura, che sembra impenetrabile.

"Là c'è la miniera e lì le baracche degli operai cinesi," commenta l'autista. "Non si fanno mai vedere, però io un po' li rispetto. Senza offesa, ma anziché venire a saccheggiare come gli europei, loro hanno costruito strade, hanno costruito la ferrovia che porta i minerali estratti a Port Loko per l'imbarco. E soprattutto lavorano come schiavi, proprio come noi," conclude ironico.

Anche con le strade dei cinesi, per arrivare a Waterloo impieghiamo più di due ore e, come aveva pronosticato padre Maurizio, ci perdiamo nel labirinto di vicoli all'interno dello slum.

"Pronto, padre Maurizio? Sì, ci siamo persi..." ammettiamo sconfortati.

Dopo aver seguito diverse false piste, lo scorgiamo che ci aspetta a lato della strada, come un razzo di segnalazione umano: un parroco di campagna veneto quasi incongruo nel paesaggio tropicale. Settant'anni, dell'ordine dei giuseppini del Murialdo, padre Maurizio Boa ha un aspetto bonario ma il fisico robusto e le mani forti. Ci fa un grande sorriso, ma gli leggiamo sul volto i segni della stanchezza di chi da settimane sta fronteggiando un'emergenza troppo grande. Sappiamo bene come si sente.

"Venite, andiamo in ufficio, i volontari ci aspettano, così vi parlate," ci invita. "Grazie per essere venuti," aggiunge mentre ci fa strada. "Cominciavo a sentirmi una voce che grida nel deserto... Da giorni nessuno risponde al telefono ai numeri di coordinamento per l'emergenza epidemia, i team Ebola sembrano spariti. Qui a Waterloo c'è solo un punto salute con un'infermiera e nessun dottore. Non sapevo più a che santo votarmi."

“Come santi siamo un po’ improbabili, ma siamo qui per fare il possibile.”

Passiamo nel cortile di un edificio basso con portico, in cui sono ricavati spazi di lavoro e magazzini per le attività della comunità.

Alla porta del centro è appeso un poster sgualcito: con l’iconografia innocua e amichevole che di solito si trova sugli abbecedari dei bambini, elenca i sintomi di Ebola. E segnala l’inutile numero d’emergenza cui si riferiva padre Maurizio.

L’“ufficio” è una stanzetta angusta e spoglia con una piccola scrivania, poche sedie che pian piano si riempiono. In breve tempo l’ambiente è così affollato che fatichiamo a respirare, e altre persone si accalcano a guardare dalle finestre. Non tutti sono qui per partecipare alla riunione: non siamo passati inosservati. Vivacemente curiosi i bambini, più perplessi i giovani. Dei vecchi non c’è traccia.

Siamo in tanti stipati lì dentro. I nostri occhi sono attirati da un foglio di cartone appeso al muro, con attaccate delle foto. Donne, soprattutto, qualche uomo adulto, molti bambini. Sono tutti nella stessa posa, in fila, davanti all’obiettivo. Non sorride nessuno, viene il dubbio che siano state scattate quando già c’erano i sintomi. Alì, un uomo che mostra più della sua età – scopriremo che ne ha meno di quaranta – segue la direzione del nostro sguardo: “Sono le persone morte di Ebola. È il nostro modo di ricordarle, e anche di rendere utile la loro perdita. Servono per dire a tutti che Ebola esiste ed è pericoloso,” dice. Tutti lo ascoltano in silenzio con il rispetto che si riserva ai saggi, e annuiscono. C’è un momento di silenzio in cui guardiamo padre Maurizio, seduto alla piccola scrivania. Ha l’aria di uno che crede ostinatamente alla Provvidenza, ma non aspetta che sia lei a venirlo a cercare. Da quando è cominciato l’incubo di Ebola ci diciamo che i capi delle comunità religiose locali, non solo i cristiani, sarebbero alleati preziosi nella battaglia. Hanno in genere la preparazione necessaria per capire l'emergenza, godono della fiducia delle persone, sono ascoltati e rispettati, conoscono le famiglie e potrebbero mappare il contagio quasi in tempo reale, oltre a far da tramite con il Centro di coordinamento per Ebola. Ma come contattarli e conquistarli alla causa? Ci siamo resi conto fin da subito che era una missione difficile. Non possiamo certo metterci a battere il paese fermandoci in ogni villaggio a parlare con il prete e l'imam. In questo caso però è stato il prete a chiedere di noi. Conosce bene Emergency, da molti anni siamo un punto di riferimento per i bisogni chirurgici e pediatrici della sua comunità, e ha saputo anche del nuovo lavoro che stiamo facendo contro Ebola.

La presenza di padre Maurizio però non basta a creare un'organizzazione funzionante. Ci accorgeremo in fretta che questo tentativo di "comitato antiepidemia" ha, comprensibilmente, le idee molto vaghe su come procedere.

Alì indica un uomo alto e magro: "Lascio la parola al segretario".

Il segretario cerca di articolare un discorso in un inglese stentato e maneggia senza sosta dei fogli, in parte stampati dal computer e in parte scritti a mano, che sembrano elenchi di nomi e numeri.

"Noi ci organizziamo da soli..." Alterna frasi brevi e lunghe pause. "Anche il cibo ormai è poco..." Altra pausa. "Una donna ha portato Ebola qui, era andata a un funerale in un'altra città." E il discorso si incaglia di nuovo.

"Si stanno organizzando come possono, sono tutti volontari," interviene padre Maurizio. "Forse volete essere voi a porre delle domande?"

"Qual è l'incidenza della malattia ora?"

Il segretario ci guarda senza capire. Colpa nostra, pover'uomo, ci mancano solo i termini tecnici...

"Quanti nuovi casi si manifestano al giorno, ora?" correggiamo il tiro.

Ci guardano, si guardano, il capo prende in mano

un foglietto più strapazzato degli altri. Ce lo mostra. Ci sono incolonnati sette nomi, a fianco l'età. Sette malati solo qui. Qui dove? Nella strada, nella parrocchia – se il concetto di parrocchia si può applicare – nell'intera Kissy Town? Non è possibile saperlo.

"Quali sintomi?"

"Febbre, vomito e diarrea."

"Quanti di questi sette sono in grado di stare seduti in un'ambulanza?"

"Mah... non sappiamo."

Gino si alza in piedi e parla a tutti.

"Verifichiamolo. Noi entro due o tre ore facciamo arrivare qui un'ambulanza, con due infermieri, per portare il primo gruppo al Centro di Lakka. Vi sembreranno un po' strani, ma non preoccupatevi, sono le tute che servono a impedire il contagio. Caricheranno tutti quelli che possono essere trasportati. Fin qui tutto chiaro?"

Nella stanza è tutto un ondeggiare di cenni d'assenso. Sembrano colti alla sprovvista ma contenti che qualcuno prenda in mano la situazione. Sappiamo come la paura e l'inesperienza possano paralizzare anche le persone meglio intenzionate, d'altronde.

"Metteremo poi a disposizione di questa comunità un'ambulanza, con il personale di Emergency, che ogni giorno insieme ai vostri volontari individuerà i possibili malati, da trasportare a Lakka. Quanti volontari avete?"

"Dipende, non c'è un numero preciso, a volte qualcuno di più..."

"Per raggiungere tutta la popolazione della comunità ne occorrono almeno novanta, in gruppi di tre, da addestrare a riconoscere la malattia di Ebola, a servirsi del materiale usa e getta che lasceremo qui. I volontari dovranno anche insegnare alla popolazione come si evita il contagio. Padre Maurizio, crede sia possibile fare questo?"

"Ma certo," annuisce. "È tutta gente in gamba, impareranno in fretta."

"Ci occorrono dei locali, per il magazzino e le attività di triage."

Il taglio pragmatico di Gino ha preso tutti di sorpresa. Nessuno si aspettava decisioni e soluzioni immediate, né un'accelerazione simile nell'organizzazione. Ma dopo una breve discussione su quali possano essere i locali adatti si attivano subito e ce li mostrano. In un grande spiazzo vicino ci sono tre strutture in disuso: una moschea, un dispensario sanitario (chiuso e ingombro di oggetti accatastati) e una scuola, inutilizzata da quando la diffusione di Ebola ha fatto sospendere le lezioni nel paese. Un paio d'aule di quest'ultima sembrano adatte. Sulla lavagna ci sono ancora lettere e numeri scritti dagli alunni, ormai sbiaditi. Alla fine decidiamo per un vecchio magazzino in disuso, più adatto a organizzare un percorso preciso per i pazienti che accusano sintomi. È necessario intervistarli in sicurezza, per poi stabilire quali mandare con l'ambulanza al Centro Ebola di Lakka.

Ad Alì viene affidato il compito di selezionare gli operai tra coloro che vivono nella comunità. È importante coinvolgere le persone del posto, è garanzia di un lavoro fatto meglio, con cura, perché riguarda tutti. Osserviamo il vecchio magazzino con altri occhi, vedendo già fiorire sulle pareti scrostate il bianco e il rosso di Emergency e il cartello all'ingresso. Un pezzo di diritti, piantato nel cuore di Waterloo.

Accomiatandoci, lasciamo padre Maurizio visibilmente sollevato: "Questo è il modo di affrontare la situazione come si deve! Ora le cose cambieranno. Non so come ringraziarvi".

"Il lavoro più duro tocca a te," gli ricordiamo. "Non sarà facile mettere in piedi questa struttura, per quanto piccola. La prima cosa da fare è addestrare i volontari che servono e addestrarli bene. Chi sbaglia rischia la vita."

"La rischia anche chi non sbaglia, figlioli," ci ricorda sobrio. "Sapete, questo campo è un posto complicato. Sono tutti profughi, venuti dalle varie province del paese, il tessuto sociale ha faticato a formarsi e rafforzarsi. E qui, l'avete visto anche voi, Ebola ha trovato una situazione drammatica." Basta guardarsi intorno per vedere che manca tutto. "Le baracche sono sovraffollate e cosa fa uno quando sta male?" continua padre Maurizio.

"Si chiude in casa," è l'unica, sinistra risposta. Lui annuisce.

"Qualche giorno fa la famiglia di una parrocchiana mi è venuta a cercare, dicendomi che la mamma era malata. Sono andato a trovarli, lei ha fatto di tutto per dimostrarmi che stava bene, anche se non si reggeva in piedi. Perché? Perché hanno paura di tutto, non li ha mai aiutati nessuno. Ecco perché."

Una storia già sentita, tante volte. Prima della paura di morire c'è la paura di riconoscersi ammalati. E la difficoltà di capire che questo nemico invisibile può ucciderti, un'ammissione che richiede una specie di atto di fede. A proposito di fede, gli chiediamo come gestisce le differenze di credo tra le sue "pecorelle". Sarà un problema il fatto che il nuovo piccolo centro sia nato su iniziativa di un prete cristiano? Ci auguriamo di no, e che la necessità abbia il sopravvento su eventuali divergenze di credo, ma abbiamo imparato ad andare cauti con le convinzioni delle persone. Padre Maurizio, per fortuna, ci rassicura: "La comunità, al di là di quello che sembra, non è divisa tra cristiani e musulmani. Potremmo dire che qui ci sono persone di cultura animista, alcune delle quali musulmane, altre cristiane. Le loro usanze sono molto simili, per esempio il lavaggio del defunto, che va preparato al viaggio e non può essere lasciato solo. Come non si lascia sola la famiglia, da intendersi nel senso più vasto e inclusivo del termine".

"Quindi i funerali continuano?"

"In gran segreto, di notte," annuisce. "Purtroppo è inevitabile. Ma pian piano le cose migliorano."

Pian piano... Avremo il tempo di lasciare che le persone capiscano, che i comportamenti collettivi mutino al loro ritmo lento? Ebola ce lo concederà, questo tempo? Crediamo proprio di no. Davanti al viso fiducioso di padre Maurizio proprio non ce la sentiamo di dirlo.

"Tu non hai mai pensato di andare via?" gli chiediamo. È una domanda inevitabile, soprattutto ora che abbiamo fisso in testa il pensiero di Fabrizio, che non sarebbe mai voluto andarsene ma ha dovuto farlo perché si possa provare, almeno provare, a salvargli la vita. Ci guarda incredulo: "Andare via? E perché mai? Sono rimasto qui durante la guerra. Mi hanno arrestato, picchiato, una volta mi hanno preso per un mercenario ucraino! Ma tutto passa, passerà anche Ebola. E le cose riprenderanno ad andare meglio, lo stavano già facendo: il turismo, gli investimenti stranieri... Tornerà tutto. Ebola, purtroppo, porta indietro l'orologio del tempo. Ma è solo una battuta d'arresto!".

Mentre torniamo al Centro, nonostante la soddisfazione di aver "fatto breccia" e stabilito un altro piccolo avamposto, qualche dubbio lo abbiamo: "Saranno in grado di gestire questa cosa? Così non esporremo al contagio i volontari?".

"È una loro decisione... E poi non c'è alternativa."

"Perlomeno diffondiamo qualcosa di prezioso quanto i medicinali: l'informazione."

Ora la macchina organizzativa può mettersi in moto: e infatti, nel giro di pochi giorni, si farà sorgere il punto di primo soccorso che ancora mancava a Waterloo, si svolgeranno gli incontri per formare novanta ragazzi che dovranno spiegare la situazione a oltre trentaquattromila persone tra Kissy Town e Morabie, un altro sobborgo di Waterloo.

La sera, diverse ore più tardi, torna l'ambulanza. Dovrebbe avere a bordo i cinque malati con sospetto di Ebola, questo era risultato alla fine il numero di quelli in grado di reggersi in piedi, il primo gruppo da trasportare. Scende Mariano, uno degli infermieri italiani, che cerca di imparare un poco di lingua creola.

"Ne abbiamo quattro," ci dice.

"Come mai ne manca uno?"
"No, ne mancano due."
"Dovevano essere cinque, ce ne sono quattro, quindi..."
"Quelli che potevano stare sulle loro gambe erano cinque, sì, e i volontari li avevano radunati sotto una pianta. Ma due si sono volatilizzati."
La solita storia. Paura, diffidenza, incomprensione.
"Però nel frattempo..." continua Mariano, "uno nuovo si è aggiunto a noi. E così sono quattro."
I conti tornano, a modo loro.
"Per la verità, tre e mezza..." aggiunge Mariano. Una dei nuovi arrivati si chiama Mariatu, è una giovane madre che porta in braccio una bimba di due anni, Alima. Una persona piccola piccola, la cui pelle brucia, tanto è alta la febbre che la sta consumando. Mariatu ha appena visto morire sua madre per Ebola, stringe la figlia come se fosse l'unica cosa che le resta al mondo, e forse lo è.
Guardare questa bimba che lotta contro un nemico troppo potente, pensare a quei due malati che non sono saliti sull'ambulanza e si aggirano contagiosi nell'affollatissima Kissy Town tra altri bambini, ci stringe il cuore. Quella di Waterloo è stata una vittoria, ma è solo una battaglia in una guerra che sembra non avere fine.

Fabrizio
"Devi farcela, papà!"

Cerco di rilassarmi senza grande successo. So bene che il mio stato di benessere è transitorio e presto inizierò a manifestare i sintomi che ho osservato tante volte nei pazienti; mi chiedo se mi faranno stare peggio la diarrea, il vomito, la febbre o i dolori. Al momento non ho ancora questi sintomi. Mi sforzo di dormire ma non ci riesco: il mio pensiero vola alle mie figlie; le rivedrò? E che cosa penseranno del loro papà? Saranno orgogliose o deluse o arrabbiate? Le immagino a casa a pensare a me. Le ho avvertite prima con un sms e poi qualche ora fa abbiamo parlato al telefono. Le ho sentite piangere mentre cercavo di rassicurarle.

Che io possa morire di Ebola è un'eventualità: quanti pazienti ho visto stare bene all'inizio della malattia e poi morire all'improvviso? Decine. Perché per me dovrebbe essere diverso? Non provo paura ma mi sento impotente e mi angoscia l'idea di non poter sentire più la voce amata delle mie ragazze, non poterle accarezzare, ridere con loro, stringere le loro mani nelle mie, posare la mano sulla loro guancia per trasmettere protezione e amore. Sento un nodo alla gola. Non voglio piangere in questo momento e tento di pensare ad altro. Quasi senza accorgermene cedo alla stanchezza e mi addormento.

Il risveglio è brusco, stiamo per atterrare a Pratica di Mare. L'aereo militare non ha finestrini per cui non vedo nulla fuori, non so che tempo fa, se piove o c'è il sole. Ci mettiamo poco ad atterrare; vedo aprirsi il grande portellone laterale e avvicinarsi un mezzo speciale dell'Aeronautica militare provvisto di una superficie piana sulla quale sono montati tanti rulli di metallo. La manovra di sbarco è lunga e complessa ma finalmente, dopo quasi mezz'ora di manovre, sono a terra.

Durante il viaggio nell'ambulanza speciale fino allo Spallanzani provo a concentrarmi nuovamente sui miei sintomi e cerco di immaginare l'evoluzione della mia condizione: non più medico ma nemmeno paziente, non ancora; avverto una strana sensazione di inadeguatezza e mi sento piccolo. Mi scuote la voce di Emanuele Nicastri, il medico dello Spallanzani che mi accoglie.

"Siamo arrivati. Entriamo dall'ingresso laterale. C'è un'infinità di giornalisti."

Diversi giorni più tardi vedrò, durante la convalescenza, le immagini del mio arrivo allo Spallanzani girate da qualcuno dei tanti operatori che attendono fuori dall'ospedale: sono davvero numerosi. Mai avrei potuto immaginare l'interesse che il "paziente zero" – così sono stato definito – potesse suscitare. L'idea dei giornalisti mi dà una scossa. Mia madre ha quasi ottantacinque anni e non potrebbe reggere la tragicità del momento. Cerco con lo sguardo Emanuele: "Per favore, non voglio pubblicità; per favore non rivelate il mio nome".

"Stai tranquillo," mi dice Emanuele, "sarai identificato come 'paziente zero' e diremo soltanto il tuo nome di battesimo."

Entriamo in una sorta di ampia rimessa illuminata da neon accecanti; lentamente la barella è tirata fuori dall'ambulanza e iniziamo il trasferimento verso la camera di isolamento dove sarò rinchiuso per molti giorni. Durante il tragitto guardo fuori: nonostante il freddo e la pioggia leggera ci sono tanti pazienti che ci guardano affacciati dai ballatoi. Mi sento un condannato a morte che percorre tra due ali di folla i corridoi che lo separano dal luogo dell'esecuzione.

Ma io non sono colpevole di nulla, penso.

La camera è accogliente, ci sono un letto, due tavoli e una sedia.

"Adesso apriremo la barella ad alto contenimento biologico e tu dovrai procedere in posizione orizzontale fino a quando tocchi il letto," mi istruisce Emanuele.

Pochi minuti dopo sono disteso sul letto che rapidamente viene riportato nella posizione definitiva con la testiera contro la parete. Arrivano altre due persone in PPE.

"Ciao, sono Nicola," si presenta uno di loro. "Ho parlato ieri sera con il tuo primario, con Luigi. Stai tranquillo. Andrà tutto bene."

"Non ho paura," rispondo. "Sono abbastanza tranquillo e sto piuttosto bene. Qual è il programma?"

"Adesso ripetiamo la PCR e faremo degli esami di routine per valutare le tue condizioni."

"Che esami farete?"

"Chimica clinica, emocromo, coagulazione e naturalmente la PCR su tutti i campioni."

"Pensate di iniziare qualche terapia specifica?"

"Abbiamo pensato di iniziare con un farmaco non registrato in Italia, un antivirale giapponese brevettato come antinfluenzale. È un inibitore dell'Rna-polimerasi. Abbiamo sentito altri colleghi e abbiamo deciso di somministrarlo a sei volte la dose ordinaria per ottenere un maggiore e più rapido effetto. Naturalmente, trattandosi di un utilizzo *off-label*, dovrai firmare il consenso."

"Nessun problema, farò da cavia," aggiungo con un sorriso.

In circa mezz'ora tutte le operazioni e i prelievi per le analisi sono stati ultimati. Tutti escono. Inizia il mio vero isolamento, penso tra me e me. Guardo la mia stanza; non è poi così male: è ampia, almeno quattro metri per lato, con una grande finestra sulla stessa parete della porta d'ingresso, sul versante "pulito", un ampio e luminoso (ma freddo) corridoio. Alla mia destra c'è la porta di uscita sul percorso "sporco": un piccolo disimpegno di circa un metro per lato con un lavabo, dove ho visto che i colleghi e gli infermieri si svestono con l'ausilio di un altro operatore che li spruzza con la soluzione clorata. I toni delle pareti sono tenui e confortevoli; il salmone scuro è uno dei miei colori preferiti e se un giorno sarò primario, vorrò il mio reparto dello stesso colore. Se sopravvivo, penso subito dopo.

Lo squillo del telefono mi scuote dall'esame della stanza. È mia figlia.

"Amore mio, come va? Tutto bene?"

"Papà, perché mi chiedi come sto? Sei tu il malato. Come stai? Hai febbre? Che cosa ti hanno fatto?" chiede Norma e percepisco una certa emozione nella sua voce.

"Hai pianto? E perché non sei andata a scuola? Lo sai che è l'ultimo anno e devi impegnarti."

"Sì, papà. Ho pianto e non me la sono sentita di andare a scuola, sono troppo scossa e ho paura."

"Di cosa, amore mio?"

"Che tu possa morire! Devi farcela, papà!"

"Norma, ti prometto che ce la metterò tutta. E poi sono in uno dei migliori centri d'Europa. Stai tranquilla, mi sento bene e la febbre non è tanto alta," cerco di tranquillizzarla.

"Qui fuori è pieno di giornalisti; ce li siamo trovati davanti a casa e vogliono intervistarmi. Ma come hanno fatto a sapere?"

"Non lo so, tesoro. Ho chiesto che non fosse reso noto il mio cognome ma sai com'è Enna, le notizie anche presunte corrono veloci e si fa presto a trarre le conclusioni."

"Sì, ma cosa devo fare? Io già sto male pensando a te. Non voglio rispondere a nessuno!"

"Di' semplicemente che non ti sembra il momento di essere intervistata perché sei molto turbata e che se vogliono notizie chiamino direttamente lo Spallanzani."

"Ce li siamo trovati quasi fin dentro casa! Ma possibile che non hanno rispetto?"

"Amore mio, fanno il loro lavoro. Non preoccuparti perché tra qualche giorno avranno altre notizie a cui dedicarsi," cerco di rassicurarla. "E non piangere, andrà tutto bene."

"Ho paura, papà. Perché è successo? Com'è successo?"

"Tesoro, non lo so. Sono contagiato e devo combattere contro questo mostro. Ma non sono solo; qui ci sono tante persone che si prendono cura di me e farò delle terapie sperimentali."

"Sì, ma se non funzionano?"

"Funzioneranno. La senti la mia voce? Non è quella di sempre? Lo senti che sto bene? Tranquilla."

"Ho paura lo stesso, papà."

"Lo so, amore mio. Anche io ne ho un po'. Ma non temere. Abbiamo la scienza e la medicina dalla nostra parte. Lo sai che in Occidente soltanto in pochi sono morti a causa di Ebola," le ripeto le statistiche di Elena. "Stai serena, rilassati e pensa a studiare per la maturità."

Ci salutiamo con la promessa di risentirci l'indomani. Solo dopo posso lasciarmi andare. Penso che in fondo abbia ragione ad avere paura. Mi commuovono le sue lacrime appena frenate, la voce emozionata. Il nodo che sento alla gola si stringe, sono solo e posso permettermi il lusso di una lacrima. Ma non posso permettermi di cedere alle emozioni. Voglio mantenere la mia lucidità e pensare in modo scientifico a quello che mi sta succedendo. Voglio riuscire a prevedere il decorso e l'evoluzione. In fondo, penso, io conosco questa malattia, conosco il virus e conosco i sintomi.

Prendo una compressa di paracetamolo per controllare la febbre e inizio il mio lavoro mentale. Confronto il mio stato con quello dei pazienti che ho lasciato in Sierra Leone. Ripenso a Iye Kargbo, soprannominata Nonna Ebola, passando in rassegna tutti i suoi sintomi. Ricordo la sonnolenza: ha dormito per quasi dieci giorni pressoché ininterrottamente fino a quando si è risvegliata dal suo torpore guarita. Ripenso ad Abu, il giovane calciatore che, nonostante le emorragie, lo stato soporoso, l'edema polmonare, è sopravvissuto e mi interrogo – alla luce dei sintomi che presento, ovvero, in atto, soltanto la febbre – se e in che modo mi aggraverò oppure se anch'io riuscirò a superare la malattia dormendo.

Nella notte avverto un freddo terribile, so che è la febbre. Mi dispiace disturbare ma chiamo attraverso l'interfono per farmi portare una coperta. Dopo circa quindici minuti la porta di ingresso del percorso "pulito" si apre ed entrano due infermieri, un uomo e una donna. Lui mi stende addosso la coperta, ma continuo ad avere i brividi.

"Già che ci siamo rileviamo i parametri vitali," mi dice la donna mostrandomi un nuovo sfigmomanometro digitale. "Con questo non dovremmo avere problemi."

La pressione è buona, 110 su 70, e anche la saturazione di ossigeno nel sangue, 97 per cento; la frequenza cardiaca è un po' alta, 100 battiti al minuto.

"È normale, ho la febbre alta," commento con gli infermieri, non riesco a non fare il medico. "Gli esami di stamattina come sono?" chiedo.

"I referti non sono ancora arrivati," mi risponde Loredana. "Più tardi verrà il dottor Nicastri e ti informerà. Vedi di riposare un po'."

"Ci provo," concludo. "Ho parecchio freddo, spero che la coperta e il paracetamolo aiutino."

"Daje, che ce la devi mette' tutta!" esclama l'infermiere con un marcato accento romano. Ha gli occhi vispi e la voce simpatica (sotto la tuta integrale sono le uniche due cose che riesco a valutare). E poi è stato molto delicato nel posizionarmi il bracciale della pressione e nel sistemarmi le coperte. Mi piace.

Escono dalla mia stanza dal versante "sporco". Vorrei alzarmi dal letto per osservare le manovre di svestizione, per vedere se ci sono differenze con quelle che eseguivo in Sierra Leone. Non ne ho la forza. Sistemo meglio le coperte; sento che la sensazione di freddo si sta attenuando e chiudo gli occhi per cercare di riposare. Mi addormento quasi subito. Mi risveglia la porta del percorso "pulito" che si apre.

"Ciao Fabrizio, sono Emanuele."

"Ciao Emanuele. Hai i referti degli esami? Com'è la funzionalità renale?"

"Gli esami vanno bene." Mi informa iniziando a elencare i valori dell'emocromo, della coagulazione e di chimica clinica. "Soltanto le transaminasi sono un po' più alte del normale, c'è un risentimento epatico..."

"Lo immaginavo," lo interrompo. "È una costante; l'osservavamo quasi in tutti i pazienti in Africa. Spero solo che il rene non venga danneggiato. Sai," continuo a spiegare, "abbiamo osservato che la funzionalità renale è un parametro molto importante e che, fintanto che il rene è a posto, le probabilità di sopravvivenza aumentano."

"Per il momento è tutto a posto, la tua creatinina è 0,9; speriamo bene. Ma tu come stai?"

"Non malissimo ma ho la febbre e sonnolenza. Anche questo è un sintomo frequente."

Nel dirglielo affiora il ricordo di altri due pazienti, due ragazze di cui una giovanissima; come Abu e come Nonna Ebola presentavano sonnolenza, ma loro non si sono svegliate guarite, sono morte dormendo. Finirà così anche per me? Non mi va di condividere questo pensiero con nessuno.

Emanuele mi racconta il contenuto del bollettino medico diramato a mezzogiorno. Oggi hanno parlato delle mie condizioni generali, che sono buone.

"Daremo un bollettino al giorno fintanto che non ti sarai ripreso," aggiunge. O fintanto che non sarò morto, penso io.

8.
Un nemico che cambia faccia

Dicembre 2014

Dal giorno della partenza di Fabrizio qualcosa è cambiato. Ormai possiamo seguire la sua vicenda solo da lontano, come milioni d'italiani, ma la seguiamo con altri occhi e un altro spirito, oltre che comprensibilmente con un alto livello di partecipazione. È come se Fabrizio fosse un po' il nostro agente segreto, il nostro infiltrato nel territorio di Ebola. Siamo terrorizzati per lui ma speranzosi che possa tornare vivo, portando informazioni preziose.

Guardiamo su internet i video del suo trasporto e dell'arrivo a Roma, con tutto l'ambaradan delle barelle e dei veicoli speciali ad alto contenimento biologico. Poi, per tutta la durata del ricovero, leggiamo la sua storia clinica tra le righe dei testi concisi e misurati dei comunicati stampa quotidiani, ma soprattutto la discutiamo in lunghe conversazioni su Skype con i colleghi dello Spallanzani, in particolare con il direttore scientifico, Beppe Ippolito.

È la prima volta nella storia che un'epidemia di Ebola assume un'estensione e una durata sufficiente per essere osservata dai medici clinici, al letto dei malati, e non solo studiata dagli epidemiologi sui sopravvissuti o sui cadaveri, come in passato.

La malattia di Fabrizio non è diversa da quella delle centinaia di ricoverati in Sierra Leone adesso, per quanto ogni paziente faccia storia a sé ed Ebola non finisca mai di stupirci con l'imprevedibilità della sua evoluzione. Ma la differenza qui è che la partita brevissima tra il virus e l'uomo, che in condizioni naturali si gioca entro due settimane, per la prima volta la possiamo seguire minuto per minuto, condotta e analizzata con gli strumenti più raffinati.

Con l'impegno che abbiamo messo in questi mesi nella cura, vediamo che anche la malattia sta cambiando, rispetto alla sua storia, e la partita si allunga. Come nei reparti superattrezzati d'Europa e d'America, anche nelle tende di Lakka cominciamo a vedere decorsi prolungati, persino di qualche settimana.

"Pensa solo ad Abu Bangura!"

"Venti giorni di colpi di scena..."

Abu è la nostra "success story" preferita, proprio perché ha avuto così tante ricadute da farci pensare più volte che stesse per andarsene e altrettanti impressionanti recuperi. La settimana scorsa, all'improvviso, dopo che sembrava avviato alla guarigione, c'è stato un peggioramento con aggravio della funzione renale e una insufficienza respiratoria. Dapprima le infusioni di liquidi in vena e l'ossigeno sono bastati, poi la febbre è di nuovo schizzata alle stelle. Respiro affannoso, nessun miglioramento con l'ossigeno, infine il coma: purtroppo qui non esiste la possibilità di assistere il respiro artificialmente con una macchina. "Non passerà la notte," ci siamo detti. E invece la mattina successiva l'infermiera di guardia ci ha annunciato che aveva chiesto la colazione! Non ci sembrava vero, ma ormai ogni giorno è un passo verso la guarigione e il nostro Abu è decisamente un *survivor*, anzi quasi un *highlander*. In queste settimane è diventato una specie di veterano della Zona rossa e da quando sta bene contribuisce non poco a tenere alto il morale degli altri pazienti.

Il suo è un caso eccezionale, ma ci sono altri decorsi lunghi. È il caso di Mariatu e Alima, la mamma e la bambina arrivate da Waterloo. Sappiamo che l'Ebola non lascia quasi mai scampo a bambini così piccoli, però Alima all'inizio rispondeva bene alle cure, aveva persino cominciato a mangiare latte e biscotti. Sono passati nove giorni e Mariatu è migliorata al punto che l'abbiamo trasferita nel reparto subintensivo. Il problema è che Alima continua ad avere la stessa carica virale dell'inizio della malattia, il suo fisico non riesce a sconfiggere il virus, mani e piedi sono sempre più gonfi ed è sempre più stanca. Se non ci sarà presto una svolta, non ce la farà. E noi cosa potremo dire a sua madre?

Per cercare di interpretare le infinite variazioni di Ebola, dedichiamo molto tempo a leggere l'enorme quantità di articoli scientifici che sono stati pubblicati solo nell'ultimo anno su questa malattia, ma è un'impresa difficile per chiunque, soprattutto se nel frattempo devi occuparti dei pazienti. E ci sembra a tratti anche un esercizio vacuo, che ricorda le dissezioni dei cadaveri nelle scuole di medicina medievali, con i discepoli che ascoltano quello che il maestro legge e rilegge sui libri di Galeno e degli antichi, mentre nessuno guarda che cosa appare nel corpo sezionato dagli inservienti. La gran parte delle "nozioni" correnti su come Ebola danneggia il corpo umano è frutto di studi condotti in laboratorio, su colture di cellule, su modelli animali di topi e di cavie, più raramente di scimmie vicine all'uomo. E quando proviamo a confrontarle con quello che si vede nella Zona rossa, i conti non tornano.

Purtroppo, nelle interminabili letture in cui affoghiamo c'è poco che derivi all'osservazione diretta dei malati e che quindi possa davvero aiutarci. Il "New England Journal of Medicine", la più prestigiosa rivista di medicina al mondo, ha pubblicato in novembre un'analisi sulle manifestazioni cliniche di settecento malati assistiti a Monrovia, in Liberia. L'abbiamo letta e riletta, ma ci serve a poco o a nulla: mancano informazioni essenziali, come per esempio quanti di loro sono morti o guariti; sono assenti i dati di laboratorio, salvo la PCR all'inizio e alla fine; scarseggiano persino gli elementi dell'osservazione clinica, dal momento che il contatto diretto dei medici con ciascun malato si riduceva in media a uno-due minuti per due-tre volte al giorno.

Se si vuol capire come e perché muoiono le vittime di Ebola, bisogna che i medici "entrino nel pollaio" e che passino molto più tempo vicino ai letti dei malati. A Lakka siamo arrivati ad assicurare sei ore di assistenza al giorno per ciascun malato, e ancora non bastano.

"Quanti medici curano Fabrizio?" chiediamo a Beppe.

"Tanti," ci risponde laconico.

"Tanti nel senso di cinque o sei?"

Fa silenzio per un attimo: "Tanti nel senso di decine," risponde infine.

Sono stati trenta i medici e gli infermieri attivamente impegnati nell'assistenza al letto del malato durante la degenza, per non parlare di tutto il resto del personale che ha collaborato alla gestione del caso.

"E dire che non sembra neanche Ebola... Fabrizio sta così bene," continuiamo a ripeterci nei primissimi giorni. La febbre risponde ai farmaci, gli esami sono a posto, lui si muove, non ha più vomito né diarrea, abbiamo persino pensato a un falso positivo alla PCR. Ma gli esami, ripetuti a Roma, non lasciano dubbi.

"Che sia l'antivirale sperimentale che hanno cominciato a dargli sin dal primo giorno?" Forse, e comunque è impossibile trarre conclusioni da un unico caso.

"Forse tutti i casi di Ebola cominciano così. O almeno molti. Magari all'inizio stanno tutti relativamente bene e noi li incontriamo solo dopo."

"Spiegherebbe perché arrivano al Centro in media cinque giorni dopo la comparsa dei sintomi."

Somiglia a quello di Fabrizio per esempio il caso di Musu, una bella ragazza di quindici anni che quando è arrivata, nonostante fosse malata e avesse tutti i sintomi, era in condizioni generali piuttosto buone. Ci era sembrato significativo che lei e sua sorella fossero sopravvissute a Ebola, e dopo pochi giorni avevamo trasferito Musu dal reparto intensivo in quello dei malati meno gravi, pensando che la guarigione fosse questione di tempo. Poi, una notte, gli infermieri ci hanno chiamati al suo capezzale: il respiro era affannoso e superficiale, il cuore batteva troppo veloce. Gli occhi spalancati e pieni di terrore, Musu ci fissava senza capire perché improvvisamente stava così male, a frasi spezzate ci ha chiesto di aiutarla, di non farla morire... È stata trasportata di corsa nel reparto intensivo, sotto ossigeno, antibiotici e monitoraggio dei parametri vitali, ma l'insufficienza respiratoria è grave e temiamo il peggio. Ogni giorno assistiamo a questa danza crudele di apparenti miglioramenti e peggioramenti repentini, brevi vittorie e devastanti sconfitte contro un nemico che cambia continuamente faccia.

Come se il virus volesse smentire le nostre speranze, ben presto anche Fabrizio peggiora di nuovo: febbre, vomito, diarrea, occhi molto arrossati, anche se ancora si muove da solo per la stanza e non c'è alcun segno di sofferenza specifica dei vari organi. Per fortuna è in arrivo dalla Spagna una dose del siero di un malato convalescente, un preparato ricco di anticorpi capaci di neutralizzare Ebola, in attesa che il paziente costruisca i propri. Per farlo arrivare si è attivata un'impressionante catena di solidarietà umana, scientifica e istituzionale. Mentre aspettiamo notizie, un infermiere ci raggiunge scuotendo la testa.

"Alima non ce l'ha fatta."

A tutti viene in mente la mamma che dal letto accanto fissava la sua bambina, come a volerla tenere in vita con lo sguardo... Mariatu, che è stata trasferita nell'altra tenda mentre i medici la rassicuravano dicendole che la piccola stava meglio. Sono bastati due giorni perché la battaglia fosse persa: Alima non c'è più.

"Andiamo."
Dirglielo di persona è un nostro dovere. Mentre le diamo la notizia, la faccia di Mariatu si raggrinzisce, qualcosa dentro di lei muore: la speranza. Chiede di vedere un'ultima volta la sua piccola ma non può. Mariatu forse sopravvivrà a questa peste moderna, ma per la ferita del suo cuore non possiamo fare nulla.
"L'organismo di Fabrizio ha reagito male al siero," ci informa Beppe di sera.
"Ma non era perfettamente compatibile?"
Lo vediamo alzare le spalle nello schermo del computer, in un gesto di sconforto, sappiamo come vanno queste cose: "Un siero estraneo, anche se di accertata compatibilità... Per qualche ora abbiamo avuto paura, era scesa la pressione, calati i globuli bianchi e le piastrine".
"Ma ora sta bene?"
"Ora sembra tutto di nuovo a posto."
Sembra. Non ci facciamo illusioni, ma tutto quello che possiamo fare è sperare e continuare qui la nostra battaglia.
Sta per aprirsi un nuovo ospedale, a Goderich.

Fabrizio
Le mie condizioni peggiorano.

Mi sento spossato. Da giorni febbre, vomito e diarrea non mi danno tregua. Guardo le mie gambe e vedo le caviglie gonfie; possibile che in così poco tempo ci sia già lo squilibrio metabolico? Non trovo una risposta anche perché comincio a essere confuso e ho difficoltà a concentrarmi. Ogni giorno provo ad analizzare i sintomi, a compararli con il quadro di laboratorio del giorno precedente, metto a confronto la mia esperienza con quanto ho avuto modo di osservare in Sierra Leone. Mi rendo conto che la situazione potrebbe volgere al peggio anche in breve tempo.

Chiamo mia sorella per raccomandarle di prendersi cura di mamma e soprattutto di non farle sapere nulla.

"Prima di partire per il Kurdistan ho lasciato un testamento al mio avvocato," le ricordo. "Ci sono istruzioni per tutti e soprattutto per le ragazze; se dovesse succedere il peggio, prenditi cura di loro."

Nel tardo pomeriggio, verso le sei, inizia la trasfusione di plasma, che durerà circa mezz'ora. Proviene dalla Spagna ed è arrivato qualche ora prima grazie a una catena di collaborazione internazionale.

Alle sette avverto un dolore toracico acuto e inizio ad avere difficoltà a respirare. Chiamo e, molto rapidamente, entrano nella mia stanza tre persone: due infermieri e uno dei medici. Rilevano la pressione; è buona, 120 su 70, ma la frequenza cardiaca è molto alta, la temperatura supera i 39 °C e la saturazione d'ossigeno scende pericolosamente intorno al 70 per cento e anche meno. Il collega che è dentro sente la necessità di informare Emanuele e Nicola, che arrivano in breve tempo.

Le mie condizioni peggiorano, lo sento sulla mia pelle e lo leggo nei loro occhi. Ho un insopportabile senso di fame d'aria e sono molto agitato; mi rigiro continuamente nel mio letto e cerco di mettermi in posizione seduta come se stessi per soffocare; respiro malissimo e ogni movimento mi costa fatica. Mi mettono davanti al naso e alla bocca la mascherina dell'ossigeno ma la tollero male perché la sensazione di soffocamento aumenta. Con un filo di voce dico ai colleghi di farmi del cortisone: "Ho un broncospasmo, forse una reazione trasfusionale, datemi del cortisone che mi farà stare meglio".

Si guardano dubbiosi ed escono in silenzio. Mi lasciano con gli infermieri che cercano di tenermi la mascherina dell'ossigeno davanti al naso e alla bocca. Ho il saturimetro al dito e vedo che nonostante l'ossigeno la mia saturazione non supera l'80 per cento. Inizio a temere il peggio. Quando i colleghi tornano dopo aver deciso di provare con il cortisone sono ancora più agitato perché la difficoltà a respirare, nonostante l'ossigeno, diventa insopportabile. Le luci della stanza sono troppo forti, mi feriscono gli occhi e la fame d'aria mi fa annaspare; vorrei parlare ma non riesco. L'unica cosa che faccio è agitarmi: so che non dovrei, so che in questo modo consumo più ossigeno ma non riesco a stare fermo perché la sensazione di malessere è insopportabile.

Sento il liquido freddo entrare nella mia vena. Il cortisone. Aspetto con fiducia di poter respirare meglio. Passano i minuti ma non succede niente. Mi sento stringere al torace e il dolore non accenna a diminuire. Mi accorgo che mi scoprono il torace e mi collegano all'elettrocardiografo nel dubbio che si tratti di un fatto ischemico cardiaco; il tracciato è in ordine, non ci sono segni di ischemia acuta. Non è il cuore che non va. Passano altri minuti tesi. Poi, molto lentamente, sento il respiro normalizzarsi, l'aria passare nei miei polmoni. Tengo la mascherina con un'alta percentuale di ossigeno e le mie condizioni migliorano, ma avverto le forze abbandonarmi. Mezz'ora dopo cedo alla stanchezza e mi addormento.

9.
"Non sarà troppo invasiva?"

Dicembre 2014

Il nuovo Centro per il trattamento di Ebola a Goderich apre con un giorno di anticipo rispetto al previsto, a metà dicembre 2014. Sembra strano vederlo privo della vera e propria folla di operai locali giornalieri che in queste settimane hanno brulicato nell'area. Sono stati ingaggiati dal DFID (Department for International Development), la cooperazione inglese che, con l'aiuto del genio militare e con un investimento di oltre sei milioni di euro, ha costruito il Centro secondo il progetto e le esigenze di Emergency in meno di due mesi, con gli edifici in muratura, le tende normali e quelle gonfiabili, i corridoi coperti tra le varie strutture in legno. In due settimane poi i logisti di Emergency hanno fatto il resto e ogni ambiente è stato dotato degli arredi e delle attrezzature: letti, strumenti di laboratorio, sedie, cucine, monitor, armadi eccetera.

Anche così, con tutta questa fretta, quando abbiamo aperto c'erano già dei malati in attesa fuori dalla recinzione. E c'è un primo ospite illustre, uno dei più famosi e amati medici del paese: Victor Willoughby, amico personale del presidente Koroma. È dura dover vedere quest'uomo instancabile in un letto d'ospedale, gli occhi intelligenti chiusi in un sonno inquieto, il cranio rasato luccicante del sudore della febbre. Victor è stato in prima linea nella lotta a Ebola fin dall'inizio. È uno dei membri dell'organizzazione Sierra Leone Action costituita nell'agosto 2014 da un team di medici della Sierra Leone e altri professionisti che lavorano a stretto contatto con il governo del paese. Non potendo rimanere inerti di fronte all'epidemia, si sono organizzati per cercare di migliorare le cure puntando sulla possibilità di usare il siero dei convalescenti secondo le linee guida internazionali.

Il dottor Victor Willoughby ha un solo obiettivo: "Far finire l'epidemia di Ebola in Sierra Leone". Ma stasera è la sua fine a essere in gioco. Quando si è ammalato è stato subito trasferito da noi: l'unica terapia intensiva per i malati di Ebola in Africa occidentale.

Infatti il nuovo Centro c'è e purtroppo ci sono anche i pazienti. Mancano, però, molti medici. Poco prima dell'apertura infatti se ne sono andati i volontari britannici reclutati e inviati dalla charity UK-Med, una dozzina di medici e infermieri dell'NHS, il sistema sanitario nazionale britannico, addestrati prima a York e poi a Freetown proprio per partecipare a quest'avventura. Purtroppo qualcosa è andato storto.

All'inizio era un idillio. Avevamo accolto al vecchio Centro di Lakka le due rappresentanti di UK-Med per una visita dettagliata. Erano state con noi un giorno intero, controllando di persona le procedure applicate, i protocolli, le cartelle cliniche, compresa un'incursione nella Zona rossa insieme alla responsabile medica di Emergency. Il rapporto finale ci aveva lusingati: "Squadra che funziona in maniera efficiente, sinergica e sicura, con eccellenti dinamiche di gruppo... Chiara definizione dei ruoli... Assistenza clinica di livello avanzato (accessi venosi centrali, terapia intensiva)...". Certo, c'è sempre da fare la tara al burocratese di maniera, ma sembrava proprio che l'approccio di Emergency fosse stato compreso e apprezzato. E infatti, quando a Lakka sono arrivati i volontari, nei loro occhi e nei loro gesti e parole si leggeva l'entusiasmo.

Alla cerimonia della firma per il passaggio di consegne tra gli inglesi ed Emergency, c'era sul tavolo una piccola teca: racchiudeva una lettera che un operaio ha consegnato ai capicantiere. Ringraziava l'Inghilterra ed Emergency per quello che stavano facendo.

Qual è stato l'intoppo? Non lo sappiamo. Apparentemente nulla era successo, nulla era cambiato. Ma sono cominciate le critiche, soprattutto da parte della responsabile della missione per UK-Med, alle stesse modalità di assistenza "avanzate e intensive" che poche settimane prima erano state così calorosamente elogiate. Il Centro si era trasformato nel teatro di confronti via via più astiosi. Oppure, sempre più spesso, nel teatro di temporanee diserzioni.

"Dove sono tutti?" capitava di chiedere a metà mattina notando la mancanza del personale inglese.

"In riunione. Ne avranno per qualche ora."

"Di nuovo? E i malati chi li assiste?" Di solito, qui l'interlocutore allargava le braccia. I malati li assisteva chi c'era.

Non si poteva andare avanti a lungo così, non ci si può permettere di affrontare Ebola con una squadra divisa.

Non è mai un'impresa facile integrare gruppi di professionisti provenienti da paesi, tradizioni e culture diverse, ciascuno orgoglioso della propria origine e del proprio metodo di lavoro. Soprattutto davanti a Ebola, che aggiunge alle divergenze naturali il suo carico di dubbi, paure e angosce. In questo caso, i colleghi dell'NHS non sono riusciti a vincere la tentazione di chiudersi a riccio nella propria "diversità", per potersi inserire pienamente nel lavoro di squadra.

In una settimana siamo arrivati a una separazione consensuale, in cui come spesso accade non mancano dolorosi strascichi. È comprensibile ma siamo ugualmente amareggiati: le "truppe" di Ebola si contano a miliardi e noi siamo sotto organico. Anche perché i colleghi generosi pronti a partire, che non mancano, sono trattenuti dai lacci di carta bollata. In Italia, nonostante il ministero degli Esteri abbia finalmente sciolto con una norma nazionale il nodo burocratico, come spesso accade il problema si è spostato alla periferia, dove le singole Asl e i singoli ospedali devono dare il via libera. Anche in altri paesi medici e infermieri esperti che hanno già fatto le valigie tardano a ricevere i "comandi" e le "aspettative". Mentre noi abbiamo bisogno di vederli varcare *adesso* il cancello d'ingresso, infilare gli abiti da lavoro e gettarsi nella mischia.

L'altro ieri è arrivata un'intera famiglia di contagiati, trasferita dall'ospedale cinese di trattamento per Ebola: il nonno di ottant'anni; Saidu, un ragazzino di dieci; Boi, la sorella di quattordici anni e un altro nipote, Emmanuel, di diciassette. Il nonno, in apparenza quello che stava meglio, solo stamattina si è accasciato nel letto portandosi le mani al torace ed è morto così, in un attimo, senza che potessimo fare nulla. Il nipotino piccolo è molto grave, ha i polmoni intasati di liquido e secrezioni, e nonostante lo abbiamo intubato, ventilato, sottoposto a più di una trasfusione, intuiamo che se ne sta andando. Nel letto davanti al suo anche la sorella Boi è in condizioni critiche, semicosciente, il rene è compromesso e ha avuto delle piccole emorragie. Ma dopo la trasfusione con plasma e sangue almeno lei sembra stabile. Sembra.

La comprensione degli effetti del virus ci impegna quasi quanto l'assistenza ai pazienti. Che non è poco, data la scarsità di personale. E il Centro non lavora ancora a pieno ritmo: i medici, gli infermieri, gli ausiliari e i logisti hanno cominciato con i primi trenta letti, e speriamo di arrivare quanto prima alla capacità massima di cento letti. Tantissimi da gestire in questa situazione, ma sempre troppo pochi rispetto al ritmo dell'epidemia in Sierra Leone: ancora 50-60 nuovi casi al giorno. Senza contare che purtroppo, qualche volta, anche le truppe si ammalano, come nel caso di Fabrizio.

Nei turni si alternano centinaia di persone dello

staff assunto in Sierra Leone, oltre a qualche decina di colleghi internazionali: soprattutto italiani, una pattuglia di sudcoreani (che per fortuna si sono inseriti meglio degli inglesi) e singoli alla spicciolata da diversi altri paesi. In parte avevano già fatto esperienza al Centro di Lakka, ma molti sono nuovi e, pur avendo ricevuto un buon addestramento, prima dell'apertura, hanno ancora bisogno di rodarsi. Rispetto a un ospedale normale i turni sono massacranti: è comunque difficile resistere più di due ore tra i letti dei malati con addosso la tuta completa di protezione. Per garantire un'assistenza costante occorre ruotare continuamente.

Con i primi ricoveri chi è arrivato in forze è Ebola. Ha preso possesso della metà del campo che costituisce la Zona rossa. È l'unico vero padrone di casa. Tutti gli altri, curati e curanti, sono inquilini provvisori, solo il virus vi si installa in modo permanente e massiccio. Invisibile ma presente a tutti. Almeno, ci diciamo, qui sappiamo che c'è e possiamo proteggerci. Se fino a pochi giorni fa, con il Centro in fase di allestimento, ci bastava un passo nel cantiere aperto per scavalcare come nulla fosse il confine tra Zona verde e Zona rossa, ora c'è una doppia rete a renderlo invalicabile.

Ma i suoni superano confini e recinzioni. Forse è un'impressione, ma anche da lì, fuori dalla tenda che lo ospita, ci sembra di sentir gridare Amadu. È uno strazio continuo. Amadu ha dieci anni, è arrivato qui in un'ambulanza del Centro di coordinamento per Ebola. È grave: disidratato, con diarrea, vomito e febbre alta, piange e chiama la madre di continuo. Siamo invasi da una rabbia impotente verso il virus, verso le limitazioni che impone. Un bambino di quell'età e in quelle condizioni dovrebbe poter avere vicino la sua famiglia, non dei medici che sembrano astronauti.

"Come sta Amadu?" chiediamo al primo dei medici che rientra dalla Zona rossa. Lui scuote la testa.

"È molto debole. È ancora presto. Bisogna vedere come reagisce alla terapia."

"Non sarà troppo *invasiva*?" chiede con amarezza un altro infermiere.

"Invasivo" è un aggettivo che ormai usiamo perlopiù in tono polemico. È infatti il termine più ricorrente nelle discussioni surreali che affrontiamo durante le periodiche riunioni di coordinamento gestite dal ministero della Salute e dall'Oms, in cui sentiamo definire come "impraticabili" alcune procedure anche minimamente invasive. Per esempio? Prendere una vena, mettere un catetere in vescica, misurare la concentrazione del potassio nel sangue... Non solo nei nostri ospedali occidentali tutte queste cose si fanno di routine, per malati anche meno gravi rispetto a quelli di Ebola, ma se non venissero fatte potrebbe scattare la denuncia. La medesima omissione in Africa è considerata uno standard accettabile di cura. Nessuno ha mai chiesto il parere o il consenso degli interessati su questo tema. La nostra opinione è che non rifiuterebbero di essere "invasi" da una procedura che potrebbe contribuire a salvare loro la vita.

Il salto rispetto al Centro di Lakka infatti non è solo quantitativo – cento letti invece di ventidue – ma qualitativo e, per quanto ne sappiamo, rende Goderich diversa da tutti gli altri centri di trattamento nell'intera Africa occidentale. Ora nelle sei casette di mattoni che si allineano nella metà sinistra del Centro, con in mezzo la struttura del laboratorio di biochimica e di biologia molecolare (quest'ultimo gestito dall'Istituto Spallanzani), i malati critici possono essere curati con tutti gli strumenti della terapia intensiva, compresi gli apparecchi per assistere il respiro e per la dialisi. Niente di sperimentale o fuori dall'ordinario, per qualsiasi ospedale occidentale, ma inedito fino a essere considerato quasi una bestemmia in questo contesto. Per noi, sarebbe un'eresia non utilizzare per questi pazienti gli stessi strumenti e gli stessi standard che applichiamo nei nostri paesi. Gli stessi che sono in campo per salvare Fabrizio, per intenderci.

"È peggiorato di nuovo." La voce di Beppe è stanca dopo quella che, a Roma, dev'essere stata una giornata pesante quanto le nostre, seppure al capezzale di un solo paziente.

"Stessi disturbi?"

"Ancora febbrone, ripresa di vomito e diarrea. Ora sono comparse anche macchie rosse su tutta la pelle," conferma lui.

"Riesce ancora ad alzarsi?"

"Sì, anche se è spossato, si addormenta spesso, seppure per brevissimo tempo... Comincia ad avere qualche malanno al fegato, però respira ancora bene."

Non possiamo fare altro che mandare messaggi di incoraggiamento su Skype al nostro collega lontano. Messaggi gettati come in una bottiglia nel mare, perché ai nostri "Coraggio, Fabrizio, ci sentiamo presto!" non fa più seguito alcuna risposta.

Dopo l'ultimo peggioramento, i medici dello Spallanzani decidono di aggiungere un altro farmaco sperimentale che non agisce contro il virus ma sulle difese dell'organismo, in modo simile ai cortisonici. Mentre ci si augura che questo nuovo tentativo faccia effetto, nonostante un'impennata della carica virale, arriva da Francoforte in Germania un altro siero di convalescente: la catena della solidarietà internazionale non si arresta.

"Tutto bene," ci comunica questa volta Ippolito, soddisfatto. "Niente reazioni negative."

Ma anche nessun segno di miglioramento, purtroppo. Il bollettino medico di Fabrizio è oggetto di approfondite discussioni ogni giorno, a Roma, in Sierra Leone, nelle conversazioni tra i due team. Cerchiamo di interpretare il decorso della sua malattia sulla base di quello che vediamo nella Zona rossa a Goderich, e viceversa. Ma nessuno di noi sarebbe in grado di prevedere quando arriverà la svolta, e in quale direzione.

Intanto il "nostro" medico, Victor Willoughby, è peggiorato. Ci assale lo sconforto. Per noi i malati hanno tutti la stessa importanza, ma è inutile negare che per questo paziente gli occhi del mondo sono puntati sul Centro di Goderich.

Amici e parenti stanno pregando per lui, ma è un altro l'aiuto in cui speriamo, e non è di natura soprannaturale.

"Non sono ancora arrivate," ci comunica però la farmacista a cui chiediamo subito notizie. Sottinteso: le preziose fiale. Per Victor, infatti, si sono mobilitati il governo sierraleonese e l'Oms e sono riusciti a ottenere dal Canada due fiale di ZMAb, un miscuglio di quegli anticorpi monoclonali di cui si parla su tutti i media del mondo come di una star nella ricerca di una cura contro Ebola. (I vaccini sono l'altra grande speranza, ma quando saranno pronti serviranno a proteggere in prospettiva chi non si è ancora ammalato, mentre i farmaci potrebbero servire subito a salvare qualche vittima di Ebola in più.)

Lo ZMAb, e ancora di più la sua versione 2.0, chiamata ZMapp, costano uno sproposito, qualcosa come un milione di dollari a fiala se fosse oggi possibile stabilire un prezzo. Se davvero si dimostrasse che servono a curare Ebola, e se anche si riuscisse a produrne in quantità sufficienti in tempi rapidi (per ora le fiale disponibili sono poche decine), inevitabilmente resterebbe una cura per pochi privilegiati, e sarebbe utilizzata quasi esclusivamente fuori dall'Africa, nei centri europei e americani dove sono ricoverati i malati occidentali. Quelli dove non vengono risparmiati macchinari all'avanguardia e procedure "invasive".

Lo ZMAb è una speranza per Victor, a patto che arrivi in pochi giorni, o in poche ore. Ma non possiamo contare sul fatto che diventi, e in tempo, la soluzione per tutti. Proprio per questo fin da agosto abbiamo messo gli occhi su un'altra cura che, se funzionasse, sarebbe subito a disposizione, per tutti, a un costo di pochi centesimi.

Ma per capire di cosa si tratta dobbiamo fare un piccolo passo indietro.

Fabrizio
Ho spento i cellulari.

I sintomi mi tormentano e mi impediscono anche di mangiare. A stento riesco a bere acqua. Nel pomeriggio del 30 novembre ricevo l'infusione di un altro flacone di plasma da convalescente. Viene dalla Germania. Stavolta vengo premedicato con antistaminici e cortisone prima dell'infusione e tutto va liscio ma, anche se quando me lo chiedono – cioè spesso – rispondo sempre che sto bene, sento di non essere lucido: ho difficoltà a concentrarmi e parlo pochissimo.

Ho anche spento definitivamente i cellulari perché non voglio ricevere telefonate, non saprei cosa dire. I miei familiari ricevono notizie dai colleghi quasi giornalmente per cui ritengo (egoisticamente) superflua ogni altra comunicazione. Mi sento obnubilato, confuso, intristito anche dal tempo che volge al grigio e dalla veneziana alla finestra che mi impedisce di vedere il sole e la luce. Mi accorgo delle variazioni della giornata più che altro guardando di tanto in tanto l'orologio. Guardo fuori soltanto quando mi alzo per andare in bagno, per il resto trascorro le giornate a letto a dormire e qualsiasi interferenza mi disturba.

Immagino i visi preoccupati dei miei cari ma nemmeno questo pensiero riesce a svegliarmi dal torpore, dall'abulia; sento una sorta di rassegnazione verso ciò che mi sta succedendo, avverto l'ineluttabilità del mio destino e penso che in qualche modo presto tutto finirà. Spero soltanto che sia presto. Mi commuove il pensiero di morire senza aver rivisto le mie figlie; mi rattrista l'impossibilità di stringerle a me, di far loro sentire quanto io le ami; mi emoziona il pensiero della mia donna – Francesca – che, da sola, in questi momenti sta sopportando l'ansia, la pena, il dolore per la possibile perdita. I miei pensieri bui sembrano accordarsi al mio stato: le mie condizioni peggiorano di giorno in giorno.

E intanto arriva dicembre. Una delle tante volte in cui mi alzo dal letto per andare in bagno mi soffermo a guardare fuori dalla porta d'ingresso del percorso pulito. Da qui riesco a scorgere parte dell'ospedale e, all'esterno, gli alberi dai rami spogli. L'aria è pervasa di una calma che vorrei provare anch'io, ma sono al contrario molto agitato. Cerco di impedire alle mie emozioni di avere il sopravvento, ma mi chiedo fino a quando sarò in grado di mantenere l'autocontrollo tra il vomito, la febbre, i dolori addominali e la diarrea. Ogni volta che mi alzo dal letto faccio sempre più fatica e, tornando a sdraiarmi, lo sforzo per muovere quei pochi passi è quasi al di sopra delle mie possibilità. Sento il mio respiro e il mio cuore accelerare fino al parossismo.

I giorni passano e le cose peggiorano. Perlopiù il tempo scorre senza che io ne abbia la percezione perché dormo diverse ore al giorno. Di tanto in tanto mi risveglia l'ingresso degli infermieri o dei colleghi oppure una voce che dall'interfono mi comunica che hanno telefonato mia sorella, Francesca o le mie figlie. L'abulia e la rassegnazione sembrano avere il sopravvento, ormai quasi ignoro i tentativi degli operatori di risvegliarmi o di farmi sorridere quando sono nella stanza. Lascio che tutto scorra al di fuori del mio controllo.

Voglio soltanto dormire.

10.

Sbarrare la porta a Ebola

Settembre-dicembre 2014

Il dibattito sull'amiodarone era cominciato in Emergency alla fine di agosto.

"Mi ha scritto Aldo Baritussio. C'è un farmaco che potrebbe bloccare Ebola. Si chiama amiodarone e lo usano da decenni per tutt'altro: regolare il ritmo del cuore."

"Amiodarone! È un vecchio amico. Lo usavo negli anni settanta, quando facevo il cardiologo, ed era già noto da tempo. Mi è sempre stato simpatico, perché è pratico e raramente produce guai."

Un farmaco ultracinquantenne. I medicinali in genere non hanno una vita così lunga, perché vengono rimpiazzati da nuovi prodotti più efficaci e con meno effetti collaterali. Si contano sulle dita i sempreverdi perché imbattibili come sicurezza, per esempio aspirina, o metformina contro il diabete. Amiodarone è uno di questi.

"Leggi questo articolo che manda Aldo. Sono ricercatori di Hannover. Hanno scoperto che amiodarone è un potente inibitore dell'ingresso del virus Ebola nelle cellule umane, in concentrazioni che si raggiungono abitualmente nel sangue dei malati che lo usano contro le aritmie."

Aldo Baritussio è un ricercatore dell'Università di Padova che da anni sta studiando l'effetto di amiodarone sull'endocitosi, la capacità delle cellule di inglobare particelle estranee. Attraverso lo studio di una rara malattia genetica in cui l'endocitosi funziona male, stavano arrivando alle stesse conclusioni dei ricercatori tedeschi.

In seguito a questa conversazione, l'idea di sfruttare le proprietà di amiodarone per contrastare il virus ne farà di strada, ma non sempre in linea retta, e la storia non è ancora arrivata al lieto fine.

"Capisci che colpo? Se funzionasse, si potrebbe usarlo subito, per tutti i pazienti. Di amiodarone si sa già tutto: tossicità, farmacocinetica, cautele necessarie..."

"E poi se ne potrebbe avere quanto se ne vuole a un costo ridicolo: è fuori brevetto da decenni. Sarebbe una fortuna per l'Africa e una botta per chi vuole fare affari."

Intanto raccogliamo un po' di informazioni: è facile acquistare e importare in Sierra Leone le quantità di questo medicinale che possono servire, al costo di pochi centesimi la confezione, anziché centinaia o migliaia di euro, come per i nuovi farmaci biotecnologici di cui si parla tanto.

"Attenzione. È un uso fuori dalle indicazioni approvate, per cui dobbiamo studiare bene la cosa dal punto di vista etico e normativo. Dov'è quel documento dell'Oms?"

Intorno a ferragosto, dopo che il direttore dell'Oms Margaret Chan aveva finalmente dichiarato l'epidemia di Ebola un'emergenza di interesse internazionale, un *panel* di esperti era stato incaricato di elaborare le linee guida etiche per consentire di usare farmaci non ancora registrati. Gli esperti concludono unanimemente che "nel particolare contesto dell'attuale epidemia di Ebola in Africa occidentale è eticamente accettabile offrire interventi non provati, che hanno mostrato risultati promettenti in laboratorio e in modelli animali, ma non sono stati ancora valutati per la sicurezza e l'efficacia nell'uomo". Ben detto, ma quando si fanno strappi alla regola c'è una domanda importante da porsi: perché? Cosa giustifica l'eccezione? Altrimenti si perde di vista la ragione delle regole stesse e tra le eccezioni ci si può anche perdere. Al contrario di quanto si potrebbe pensare, infatti, la ragione di un possibile "strappo alla regola" non è solo che i malati rischiano la vita e non ci sono cure approvate: questo vale anche per molti malati di cancro, per esempio. Il motivo per sospendere le norme è anche che le cure per Ebola si possono studiare solo in corso di epidemia, e quindi bisogna bruciare le tappe, però riducendo al minimo i rischi e cercando di imparare il più possibile.

Quello di amiodarone è un caso ancora diverso. Nonostante le lunghe parafrasi per definire gli interventi accettabili, il documento dell'Oms sorvola sui vantaggi di provare per primi farmaci noti già in uso per indicazioni differenti. E questa omissione ce la porteremo dietro molto a lungo.

"Sulla sicurezza dell'amiodarone sappiamo infinitamente più di quello che sapremmo di un farmaco mai usato. È già stato messo alla prova da centinaia di milioni di malati nel mondo. Altro che studi di fase I e fase II."

"Lasciami fare l'avvocato del diavolo: i malati di Ebola sono malconci, a volte hanno il fegato scassato, a volte i polmoni..."

"Anche i malati che lo usano per le aritmie sono spesso anziani e hanno molti organi che non funzionano più bene. E poi tieni presente che lo dovremmo dare solo per dieci giorni."

I problemi al fegato e ai polmoni, in genere, emergono dopo settimane o mesi di cura, e anche in questi casi solo raramente. Piuttosto dobbiamo stare attenti al cuore, che non rallenti troppo, e non si alteri l'elettrocardiogramma: sono questi i possibili rischi immediati, ma si risolvono subito sospendendo il farmaco.

Intanto arriva settembre, Emergency firma un protocollo d'intesa con il ministero della Sanità della Sierra Leone sulle cure che saranno fornite nel Centro di trattamento di Lakka. Vogliamo essere autorizzati dalle autorità sanitarie nazionali a proporre anche l'amiodarone a chi acconsente, in modo "compassionevole" – come si dice in gergo per i farmaci non ancora autorizzati, usati fuori da uno studio formale – e la cosa viene approvata dalle autorità.

Metterlo in pratica, però, si rivela molto più complesso del previsto. Per raggiungere le concentrazioni terapeutiche nel sangue ci vogliono tre giorni a dosi piene, con somministrazione endovena, e tenendo sotto controllo costante l'elettrocardiogramma.

Dopo quasi un mese dall'apertura del Centro, la strada è ancora in salita. "Non ce la facciamo a stare dietro a tutto," dice Gina, il medico responsabile del Centro. I malati più gravi sono spesso agitati, si strappano i tubi e gli elettrodi. Quelli che stanno meglio si alzano dal letto, per andare in bagno o sgranchirsi le gambe. Medici e infermieri, oppressi dallo scafandro, col caldo tropicale della stagione delle piogge al termine, stanchi per turni di dodici ore al giorno, fanno quello che possono per rimediare, ma spesso sono costretti a rinunciare all'amiodarone in vena, dando la precedenza alle incombenze più urgenti. Quando, superato lo scoglio dei primi tre giorni in vena, si potrebbe passare a una più semplice somministrazione per bocca, spesso il vomito e la diarrea rendono difficile l'assorbimento.

"Avremmo anche bisogno di pompe a siringa, per assicurare un'infusione più costante," prosegue Gina. "Poi ci si mette anche il laboratorio sudafricano per la PCR, dove è cambiato il team: quello che c'è ora a volte ha tempi molto lunghi di risposta, anche giorni." Questo è un guaio, perché spesso ci impedisce di cominciare tempestivamente la somministrazione del farmaco. I malati che arrivano a Lakka sempre più numerosi, si portano dietro già un ritardo di cinque o sei giorni rispetto ai primi sintomi. Probabilmente all'inizio, quando hanno solo un po' di vomito e diarrea oltre alla febbre, stanno a vedere se la cosa passa da sé. Magari consultano una guaritrice del villaggio. Si muovono per raggiungere i centri di trattamento solo quelli che, dopo i primi giorni, peggiorano e quindi arrivano già con complicazioni. È comprensibile, ma pericoloso, non solo per il rischio di contagio ma perché si privano dei vantaggi di cure precoci.

"Aldo dice che l'amiodarone, se funziona, è efficace soprattutto all'inizio, perché sbarra la porta all'entrata del virus nelle cellule. Quando è dentro è dentro..." Ci vogliono almeno tre giorni di accumulo prima che il farmaco cominci a essere attivo: se in attesa della PCR dobbiamo aspettarne un altro paio, magari in malati che sono già "vecchi" di cinque o sei giorni, è un disastro: il fischietto dell'arbitro ha suonato, la partita è finita.

Una notte scoppia un gran temporale. La stagione delle piogge è al termine, ma quando l'acqua viene giù la senti sulla testa come una cascata. Le tende e le tettoie di lamiera sono scosse dal vento: sembra debbano volar via da un momento all'altro. L'oscurità è squarciata dai lampi, e il silenzio dai tuoni. All'improvviso manca la corrente e si mette in moto il generatore, ma per poco. Poi anche quello smette di funzionare. Tutti gli apparecchi, comprese le pompe a siringa appena arrivate, si bloccano; gli allarmi a batteria suonano, i bambini e le donne urlano spaventati, coperti solo a tratti dall'infuriare del temporale. Il buio, tra un lampo e l'altro, è completo. Due inservienti e due infermieri si mettono lo scafandro in gran fretta (ma senza trascurare nessun controllo sulla procedura) ed entrano con le torce elettriche per rassicurare, per accertarsi che nessuno si faccia male o si allontani dal Centro, mentre un tecnico cerca di far ripartire il generatore. Tutti i giorni, nella lotta contro la furia cieca di Ebola, dobbiamo fare i conti con la precarietà.

E con quali risultati? Alcuni sopravvivono, ma molti muoiono tuttora, nonostante gli sforzi. E l'amiodarone che differenza fa? I guariti sembrano più numerosi tra quelli cui riusciamo a dare l'amiodarone presto, in modo continuo e a dosi sufficienti. Sappiamo bene che questo non basta a dire che serve.

"Potrebbe essere vero il contrario: chi non muore fa in tempo a ricevere dosi sufficienti di amiodarone, indipendentemente dall'effetto che il farmaco produce contro il virus. E questo può far apparire un beneficio che non c'è."

"L'unica cosa certa è che non produce guai," dice Gina. "Per ora non si nota alcun effetto collaterale serio, e pochi di quelli lievi: rallentamento dei battiti del cuore in un paio di casi, abbassamento della pressione in altri due." Sono effetti così poco rilevanti che il malato non se ne accorge neanche, e regrediscono subito dopo la sospensione. La cosa non ci sorprende. Si sa che il farmaco può dare disturbi, talvolta anche gravi, ma mai in pochi giorni: in genere occorrono mesi di trattamento.

"Andando avanti così, non ne verremo mai a capo. Per sapere se è efficace, dobbiamo mettere in piedi uno studio clinico, con un gruppo di controllo che non prende amiodarone." Il guaio è che per avere due gruppi simili è necessario scegliere a caso: in gergo si chiama randomizzazione.

Mentre prende forma il disegno del *trial* e si scrive il protocollo, cioè il documento che descrive nel dettaglio tutto ciò che si vuole fare e come, sono tante le domande che continuano ad accavallarsi.

"Avete letto il dibattito su 'Lancet'?" ci chiama Beppe Ippolito, il cui istituto partecipa al trial per la competenza virologica. "Sostengono che con Ebola in corso non è etico randomizzare, perché non si può negare ad alcuni il farmaco sperimentale, anche se ha poche prove a suo vantaggio."

Per gli aspetti di metodo e di statistica coinvolgiamo anche Giovanni Apolone, direttore scientifico dell'Istituto di ricovero e cura di Reggio Emilia. La discussione tra noi e con i partner dura poco: ormai al contrario siamo convinti che randomizzare sia l'unico comportamento etico di fronte a una vera incertezza. Restano solo i timori che nelle condizioni disperate dell'epidemia questo modo di procedere non sia compreso e susciti reazioni violente.

"È una questione di fiducia," sottolinea Gina. Emergency ha acquisito negli anni un tale patrimonio di credibilità con le comunità locali che nella sostanza non risulta difficile farsi capire e avere una risposta convinta.

"C'è qualcosa che non torna in questa polemica," dichiariamo a un incontro di coordinamento delle diverse Ong col ministero della Salute, presso la sede dell'Oms a Freetown. "Quelli che oggi rifiutano la randomizzazione sono gli stessi che da settimane si oppongono ai cosiddetti – da loro – interventi 'invasivi', come una flebo per reidratare o un esame del sangue essenziale, con la motivazione che sono troppo onerosi e pericolosi per chi fa assistenza."

Non c'è risposta a questa nostra obiezione, come non c'è risposta alla nostra eterna domanda: "Qualcuno ha mai chiesto direttamente ai malati che cosa ne pensano?".

Questi incontri periodici, di cui vengono prese minute meticolose quanto irrilevanti, sono esperienze a volte surreali. Dovrebbero servire a far marciare insieme quel centinaio di organismi internazionali e nazionali, pubblici e privati, che si muovono oggi contro Ebola. Ce ne sarebbe un gran bisogno, perché sinora il vero regista è il caos. Le poche ambulanze sono usate per trasportare i campioni di sangue, magari anche una provetta per volta, mentre, come ci hanno riferito a Waterloo, al telefono d'emergenza per i malati spesso non risponde nessuno. Si contano e ricontano i letti aperti sulla carta, ma non c'è il personale per gestirli, e nessuno sa quanti siano davvero i nuovi malati, per non parlare dei morti. S'invocano asili per accogliere gli orfani di Ebola, o anche solo i bambini le cui madri sono state ricoverate, ma chi sta costruendo i nuovi centri di trattamento si dimentica di prevedere gli spazi necessari.

È un piccolo mondo che si incontra solo qui negli uffici e nelle aule del governo, dell'Oms e dell'Onu prestate all'emergenza Ebola, oltre che nei pochi alberghi internazionali e in aeroporto, sui voli che vanno e vengono dall'Africa occidentale. Tra gli abitanti di questo universo parallelo ci sono anche ex militari, mercenari della globalizzazione, funzionari scialbi, volontarie appassionate o rassegnate, manager potenti e spregiudicati. Alcuni non parlano mai, altri intervengono solo sul tema specifico di cui si occupano, altri ancora hanno da dire su tutto. Non sono mai gli stessi, vanno e vengono e, anche quando si impara a riconoscerne qualcuno, resta il dubbio a nome di quale o quali organismi stiano parlando, e quale sia – se c'è – l'"agenda nascosta" sulla base della quale elaborano i loro interventi.

Talvolta il discorso appare di un'ingenuità sconcertante. Il coordinatore, con la sua giacca nera abbottonata alla cinese e un sorriso sul viso, introduce un ospite, che deve presentare un prodotto rivoluzionario inventato negli Stati Uniti. È un server wifi, che può gestire una rete di tablet e smartphone dentro la Zona rossa, collegandoli con computer al di fuori, magari anche a grande distanza. Non capiamo le ragioni di tanta enfasi, fino a quando l'ospite esclama: "Ecco la soluzione, con questo si potranno curare i malati a distanza senza entrare nella Zona rossa!".

Non sappiamo se ridere o piangere. Questo annuncio fa il paio con la notizia dei robot infermieri per assistere i malati, annunciata questa settimana in America. Noi crediamo che sia necessario stare loro più vicini, per cercare di rendere più umana un'esperienza che è già abbastanza tragica. Vorremmo un modo per poter passare più tempo accanto ai malati, non meno.

Non senza fatica e incomprensione, andiamo avanti a individuare le difficoltà e le soluzioni reali. Per scrivere un protocollo essenziale, ma completo, ci vuole poco: molti dei nostri partner lo fanno di mestiere. Mettere in piedi uno studio clinico sui malati di un'epidemia, letale e in pieno corso come Ebola, è un'impresa titanica. Non a caso, finora non ci si è mai cimentato nessuno. Farlo in maniera indipendente, senza sponsor, è un doppio salto mortale.

"Ho saputo che siete in Sierra Leone per Ebola e che volete fare un trial. Vi posso intervistare per il 'British Medical Journal'?" ci chiede Fabio via Skype. Riceviamo molte richieste di questo tono, per riviste americane ed europee di primo livello. Fabio Turone è un vecchio amico, e il "BMJ" ci sembra la testata giusta.

Intanto riceviamo il parere molto positivo dei Comitati etici italiani coinvolti – a Reggio Emilia e a Roma – e chiediamo l'autorizzazione di quello della Sierra Leone. In parallelo, appuntiamo il nostro protocollo anche sul registro americano *ClinicalTrials.gov*. È un atto di trasparenza e di responsabilità: si dichiara pubblicamente quello che si intende fare e ci si impegna a rispettare le procedure e a pubblicare i risultati. È uno strumento creato per cercare di orientare la ricerca nell'interesse dei malati e non dei produttori di medicinali.

"Sapete che siamo ancora quasi gli unici sul registro?" fa notare con stupore Rossella Miccio, coordinatrice dell'Ufficio umanitario di Emergency, in Sierra Leone, dall'apertura di Lakka. Da quando le istituzioni hanno investito centinaia di milioni, attorno alla ricerca contro Ebola si sta scatenando una corsa al business, su tutti i fronti, dalla diagnosi alla prevenzione fino alla cura: anche noi riceviamo richieste per le più disparate sperimentazioni da parte di detentori di brevetti, a volte persino coperti da segreto militare, che spesso serve solo a nascondere la totale mancanza di base scientifica. Eppure, di tutti gli studi che si annunciano con grandi fanfare sulla stampa laica, il nostro è unico nel suo genere sul registro pubblico americano. Ce ne sono una trentina, ma quasi tutti riguardano vaccini. E sono sponsorizzati: quello sull'amiodarone è, per ora, il solo studio indipendente.

Alla fine di novembre, mentre a Roma comincia il travaglio di Fabrizio, esce sul "BMJ" il trafiletto di Fabio, dove si annuncia l'intenzione di fare il trial con amiodarone, si cita l'esperienza di uso "compassionevole" a Lakka, e senza reticenze si riferisce anche la mortalità media del Centro, attorno al 60 per cento, peraltro inferiore a quella riportata dai – pochi – altri dati disponibili.

Apriti cielo, si scatena il finimondo. Cominciamo a ricevere mail con insinuazioni o attacchi più o meno espliciti da parte di vari personaggi che si presentano come esperti dell'Oms, ma che in realtà rappresentano soprattutto potenti enti privati, come la Fondazione Bill Gates o Wellcome Trust, spesso in rapporti molto stretti con l'industria. Dalla Sierra Leone partecipiamo a teleconferenze, sempre organizzate in nome dell'Oms, con decine d'interlocutori sparsi per il globo, durante le quali si fatica a decifrare le parole e spesso non si riesce neppure a capire chi parla (e con quale "cappello"). Ogni tanto però riusciamo a cogliere qualche enormità.

Sull'amiodarone sentiamo affermare che le prove sui modelli animali non confermano l'attività contro Ebola, citando esperimenti non pubblicati dell'esercito americano. La giostra delle obiezioni e delle risposte dà le vertigini.

"I ricercatori dell'USAMRIID (United States Army Medical Research Institute on Infectious Diseases) l'hanno provato sui topi..."

"...ma per sbaglio a dosi tre volte inferiori a quelle necessarie."

"Alle dosi corrette potrebbe essere tossico nell'uomo..."

"...se non fosse che da cinquant'anni lo stanno usando decine di milioni di persone a quelle stesse dosi, soprattutto anziani e con diverse malattie."

Non c'è niente di divertente, ma verrebbe da sorridere.

Solo che a un certo punto ci raggiunge una delle obiezioni: "Il 'BMJ' dice che a Lakka avete una mortalità piuttosto alta rispetto ad altri centri: non avete preso in considerazione l'idea che sia colpa dell'amiodarone?".

Restiamo senza fiato: manca poco che ci accusino di ammazzare i malati.

"Succede sempre così: le grandi epidemie scatenano le peggiori rivalità e maldicenze," ci scrive Donato Greco, epidemiologo ed esperto di sanità pubblica, che ha combattuto sul campo altri focolai di Ebola in passato. Lo abbiamo coinvolto come responsabile del gruppo indipendente che dovrà controllare dall'esterno la conduzione del trial. "Nell'epidemia che ho vissuto nel 2000 a Gulu, in Uganda, fummo accusati di avere una mortalità più alta nell'ospedale di Lacor, perché 'mettevamo troppi tubi', mentre il locale ospedale governativo, che non praticava nessun trattamento, sosteneva di avere una mortalità più bassa."

Anche l'accusa di "invasività", quindi, non è nuova.

Con quali dati facciano paragoni per sostenere quello che insinuano, nessuno lo sa. La maggior parte dei centri non fornisce informazioni, mentre le statistiche ufficiali della Sierra Leone ignorano un numero così elevato di morti cumulative, rispetto ai casi accertati, che nessuno può far finta di non accorgersene. Soprattutto è incomprensibile che l'Oms avalli dati inconsistenti pubblicandoli nel suo sito, senza fare nulla per correggerli e raccogliere informazioni più complete.

"Ci sono centri che dichiarano di avere solo il 40 per cento circa di morti," sentiamo affermare in una teleconferenza. Anche a Lakka, considerando soltanto i malati che hanno ricevuto dosi complete di amiodarone, riscontriamo una mortalità del genere. Ma sappiamo bene che non significa niente. Senza avere dati su qual è in media la gravità dei casi trattati, nessun paragone e nessuna statistica hanno senso. Se in un centro arrivano quasi solo malati ormai in via di guarigione, oppure i più gravi non trovano posto, magari con la buona intenzione di dare la precedenza a quelli che hanno più probabilità di farcela, le percentuali di mortalità possono variare facilmente.

Quando il nuovo Centro di Goderich è quasi pronto ad aprire, i fronti per Emergency sono due: quello di Ebola, il principale, e l'insidioso fronte dell'informazione.

Siamo nel pieno della tempesta, ai primi di dicembre del 2014, quando, dopo altre montagne russe di aggravamenti e riprese per Fabrizio, e dopo l'entrata in scena dell'ulteriore farmaco sperimentale arrivato a Roma forse dall'America, mentre stanno per scadere le fatidiche due settimane dall'inizio della febbre, Beppe Ippolito ci comunica via Skype con voce lugubre: "Fabrizio respira male, ha bisogno di essere intubato e attaccato al respiratore. Lo portiamo in rianimazione".

Fabrizio
"Andiamo in terapia intensiva."

La mattina del 2 dicembre, mentre torno dal bagno al letto la forza muscolare non mi sostiene più e sono costretto a chiamare gli infermieri per farmi trasportare. Mi sento debole non soltanto nel fisico: per la prima volta nella mia vita sento di dover dipendere da altri. Sono irritato e depresso per questa fragilità, ma non riesco proprio a muovermi. Avverto nell'aria anche lo sconforto degli infermieri e, poco più tardi, dei due colleghi che mi hanno seguito più da vicino, Nicola ed Emanuele; quando mi parlano percepisco la preoccupazione sebbene non abbiano mai rinunciato alla speranza che io possa farcela. Da parte mia la perdita delle forze fisiche è accompagnata dalla confusione mentale e gran parte di ciò che accade in questi giorni lo apprenderò soltanto più tardi dal racconto degli infermieri.

Quella mattina faccio anche la radiografia del torace con un apparecchio portatile posto davanti alla porta del percorso pulito e con la lastra tenuta tra le mie braccia. L'operazione riesce e dalla radiografia è possibile valutare l'impegno polmonare.

Nel primo pomeriggio dello stesso giorno Emanuele e Nicola entrano nella stanza. Faticano un po' a risvegliarmi dal mio stato soporoso.

"È arrivato uno dei farmaci che abbiamo richiesto negli Stati Uniti," dice Emanuele. "Iniziamo a dartelo da subito."

"Va bene."

Mi collegano alla via venosa una sacca di plastica morbida e trasparente. Il mio interesse a quel punto è focalizzato sulla nuova terapia che sto per iniziare perché temo ulteriori reazioni. Ormai non riesco più ad assumere l'antivirale giapponese che giace sparso nei blister un po' sul tavolo e un po' sul comodino. Osservo la sacca che riflette la luce dei neon della stanza e il suo lento, ipnotico gocciolio. Non riesco a stare sveglio e cedo al sonno. L'infusione dei 500 ml del farmaco dura, tra un'interruzione e l'altra, tutta la notte tra il 2 e il 3 dicembre e termina dopo quasi dodici ore.

Nonostante la difficoltà respiratoria, non riesco a tollerare la mascherina dell'ossigeno che continuamente tolgo dal viso. Adesso non ho più la forza di alzarmi dal letto per cui sono costretto a indossare il pannolone per le continue scariche di diarrea. Pur comprendendone la necessità, sono molto umiliato da questa nuova condizione ma, soprattutto, totalmente dipendente da altre persone.

La sera del 4 dicembre, intorno alle sei e mezzo del pomeriggio, ricevo la visita di Emanuele.

"Fabrizio," inizia con tono serio. "Le tue condizioni sembrano peggiorate e avremmo deciso di trasferirti per qualche giorno in terapia intensiva."

"Capisco," dico con non velato disappunto. "Però voglio essere sedato. Non me la sento di stare in terapia intensiva sveglio."

"Naturalmente," sottolinea Emanuele. "Probabilmente dovrai essere intubato perché la situazione polmonare è critica soprattutto per l'impegno interstiziale. Se mi dai l'ok procediamo."

"Va bene. Andiamo in terapia intensiva."

Trascorrono soltanto pochi minuti da quando

Emanuele lascia la mia stanza ed entrano quattro infermieri in PPE trasportando la barella di contenimento biologico. Mi sollevano di peso e mi introducono all'interno. La terapia intensiva è in un altro padiglione, ci arriviamo in ambulanza, poi in ascensore, percorriamo alcuni corridoi. Raggiungo l'ambiente intensivo.

Si spegne la luce della coscienza.

11.

La battaglia

Dicembre 2014

"Lo portiamo in rianimazione." Sappiamo cosa significa una mossa simile allo Spallanzani. La struttura di terapia intensiva, che serve l'intero istituto, deve essere esonerata da qualsiasi altra attività, compresa quella per i trapianti, e dedicata interamente a Fabrizio. Ebola e le attività cliniche ordinarie non sono compatibili fra loro. Questo tipo di disponibilità è già stata offerta ad altri pazienti internazionali, a Francoforte, a Londra, a New York o a Ginevra, ma non sarebbe replicabile per le migliaia di casi che stanno affollando i centri dell'Africa occidentale. Così come non lo sarebbe l'utilizzo contemporaneo di numerosi rimedi sperimentali, di cui non si conoscono né l'efficacia né la sicurezza, che invece è stato tentato per i malati occidentali. Se non altro perché tanti di questi rimedi hanno prezzi astronomici e disponibilità limitatissime.

Tutto quello che può essere fatto è nostro dovere applicarlo anche qui in Africa, per dare ai malati la massima possibilità di farcela. Per esempio Amadu che dopo una settimana di flebo, antibiotici e antipiretici ha finalmente cominciato a reagire. Da allora è stata una lotta per farlo mangiare, finché tra un panino dolce, qualche banana e un succo di frutta ha ricominciato con fatica ad alimentarsi. Oggi lo abbiamo trasferito nella tenda dei convalescenti: è ancora molto debole, si regge a malapena in piedi ma ce l'ha fatta. Non chiama più la mamma, ha capito che non risponderà. Almeno tra poco potrà riabbracciare lo zio e la famiglia che gli è rimasta.

Sappiamo che Amadu e gli altri non avranno gli stessi mezzi di cui dispone Fabrizio. Ma vogliamo almeno provare ad assicurare loro un'assistenza adeguata ai bisogni, senza ipocrisie e senza doppi standard. È per questo che nel Centro di Goderich abbiamo anche un reparto di vera terapia intensiva, comprese le macchine per assistere il respiro e la dialisi. Quelle che hanno salvato Musu, che dopo solo trentasei ore di cure intensive ha ripreso a respirare normalmente, è tornata ad avere il suo bel viso disteso e ora ci chiede che cosa le è successo, perché non ricorda niente.

Anche Fabrizio a Roma rimane attaccato al respiratore. Per cinque giorni, durante i quali Beppe ha da dirci poco più di quanto si trova nelle righe concise ed essenziali dei comunicati quotidiani: "Il paziente è in assistenza respiratoria meccanica. Le condizioni cliniche sono stabili. La prognosi permane riservata".

Poi la buona notizia che aspettavamo.

"Ha ripreso a respirare meglio. Si può cominciare a svezzarlo dalla macchina," ci comunica Beppe con voce emozionata.

"Evviva!" La quantità dei maledetti virus nel sangue sembra stia finalmente cominciando a calare, da miliardi a milioni, da milioni a centinaia di migliaia per ogni goccia di sangue. Ma la sera dopo, un nuovo passo indietro.

"La febbre continua a salire di colpo, poi scende."

"Ma il virus si sta ritirando oppure no?"

Beppe non sa cosa rispondere.

"E se fosse malaria?" Il dubbio non ci è nuovo, ma i test erano risultati negativi. "Ne abbiamo tanta di malaria qui in Africa occidentale: almeno una persona su tre ha un plasmodio nel sangue. Nel dubbio l'antimalarico non si nega a nessuno."

"È quello che abbiamo pensato anche noi. Stiamo provando ad aggiungere un trattamento antimalarico."

Infatti, con questo nuovo tentativo la febbre finalmente scompare. Succede anche in Sierra Leone.

Da quel momento Fabrizio è fuori pericolo.

Ma per una buona notizia ce n'è sempre una cattiva. Le polemiche sulle cure infatti non si sono placate e sul quotidiano britannico "The Guardian" esce il racconto del gruppo di medici del servizio sanitario nazionale inglese che si erano allontanati da Goderich. La loro principale obiezione era stata proprio quella sull'uso di un farmaco "non sperimentato" e di un approccio di cura "invasivo". Nell'articolo viene citato Jeremy Farrar, un personaggio importante, che definisce "irresponsabile" l'uso di amiodarone.

Chi è Jeremy Farrar? È un altro "esperto consulente dell'Oms", ma è anche presidente di Wellcome Trust, una fondazione privata uscita a suo tempo dalla costola della casa farmaceutica Wellcome (oggi GlaxoSmithKline), che sta investendo dieci milioni di sterline nella sperimentazione di farmaci contro Ebola, in collaborazione con diverse aziende farmaceutiche. Poco dopo, su Al Jazeera, una blogger liberiana riprende la notizia da "The Guardian" e la commenta con leggerezza, paragonando la vicenda amiodarone alle più gravi infrazioni dell'etica nella storia del dopoguerra. Ci dobbiamo ritenere fortunati che risparmi il paragone con il dottor Mengele, il medico della morte nazista.

Lo stesso pomeriggio Boi, la ragazza della famiglia Mansaray, mentre due infermieri la muovono per lavarla ha alcuni colpi di tosse seguiti da un'emorragia inarrestabile dalle vie aeree. In pochi minuti muore in un lago di sangue. Rimaniamo sconvolti per la rapidità con cui succede e anche perché pochi nostri pazienti sono morti di shock emorragico acuto. È un po' come tornare indietro, al punto di partenza. Suo fratello Saidu non ce l'ha fatta alcuni giorni fa.

E siccome le cattive notizie vengono sempre a tre a tre, dopo la cattiva stampa e la morte di Boi arriva un altro colpo.

"Victor non ce l'ha fatta."

"Ma era appena arrivato lo ZMAb!" Sembra così ingiusto. Ma è ingiusto come tutto il resto. Victor Willoughby è morto prima che fosse possibile somministrargli le due dosi di ZMAb appena arrivate dal Canada per lui.

"Ora che ne facciamo?"

"Fate lo ZMAb ad Ayo," ci chiede un esponente dell'establishment locale, che si è dato da fare per avere le medicine. Ayo è una sessantaduenne ricoverata nel Centro di Goderich, moglie e madre di due pazienti di Victor deceduti poco prima di lui. Le somministriamo il farmaco e fortunatamente la donna, molto anziana per la Sierra Leone, migliora: nel giro di due settimane può essere dimessa.

"È la prima persona a essere stata curata in Africa con questa meraviglia biotecnologica," ci diciamo. E potrebbe anche restare l'ultima.

L'avvio alla guarigione di Ayo ci solleva per poche ore, perché mentre Fabrizio è ancora in ospedale a Roma, ad attendere che la PCR non rilevi più virus nel suo sangue, un altro dei nostri si ammala di Ebola. È Dejan, un infermiere serbo di trentotto anni, che alla notizia di una PCR positiva prende due decisioni.

"Non ho intenzione di essere rimpatriato, resto qui," ci dice. "E voglio che mi diate l'amiodarone."

Dejan è il primo occidentale che, contagiato, sceglie di restare a farsi curare in Africa, nell'ospedale in cui lavora.

Abbiamo spesso detto che "un ospedale va bene quando ci faresti curare tuo figlio, sennò non va bene neanche per i figli degli altri".

La scelta di Dejan, da questo punto di vista, è coerente: lavora a Goderich, da infermiere conosce bene la qualità dell'assistenza che stiamo offrendo ai nostri malati, e – quando diventa un paziente – decide che in questa struttura, pur essendo in Africa, c'è tutto quello che gli serve per provare a guarire.

La sua scelta diventa anche un segnale importante per i colleghi sierraleonesi e per gli altri pazienti: "Se un ospedale funziona, funziona per tutti".

Con tutte le difficoltà emotive che comporta il trovarsi a curare un amico.

Seguiamo col fiato sospeso la concentrazione di virus nel suo sangue che continua a salire per i primi tre giorni, e poi all'improvviso crolla. Anche Dejan in due settimane è dimesso, un altro successo. Ovviamente nessuno può dire che sia merito dell'amiodarone, come non si può dirlo per lo ZMAb. Per questo ci vuole uno studio.

Ma per farlo è necessaria un'approvazione, e stiamo facendo tutto il possibile per ottenerla quanto prima.

La sera chiamiamo su Skype Fabrizio, che è ormai pienamente cosciente e sta aspettando di poter tornare a casa. Non può farlo finché rimangono tracce del virus in altre parti del corpo, come nelle urine o sulla pelle per esempio, e possono rimanervi anche per settimane.

La permanenza del virus nei fluidi corporei, anche dopo che il sangue risulta negativo, è un grande problema in Africa occidentale ed è stato ampiamente dibattuto nelle varie riunioni di coordinamento. Il rischio ovviamente è che, pur guariti, i dimessi rappresentino ancora un pericolo per i familiari. Da un lato, la prudenza imporrebbe di tenere in isolamento i convalescenti fino a quando non ci sia più traccia del virus in tutti i fluidi. Dall'altro, i posti letto nei centri di trattamento continuano a essere troppo pochi rispetto al numero dei malati, ed è necessario dimettere i pazienti prima possibile, per fare spazio ai nuovi casi. Il dilemma è complesso e bisogna trovare un equilibrio. Al Centro di Goderich abbiamo allestito una zona riservata ai convalescenti: in questo modo liberiamo un letto per i nuovi malati, ma possiamo trattenere chi ce l'ha fatta finché il virus è scomparso anche da urine e sudore. La zona per i convalescenti è anche il luogo in cui, finalmente, i ricoverati possono rivedere la propria famiglia, seppure attraverso una rete.

Mentre aspetta di essere dimesso, Fabrizio riacquista progressivamente pieno possesso delle sue facoltà (salvo il buco di memoria) e rimette ordine nelle sue idee. È debolissimo, anche perché ha perso buona parte della massa muscolare, per essere stato a letto e forse anche per effetto distruttivo del virus. Ma trova subito la forza di scriverci una lettera: "Non sono un eroe, e neanche un untore," dice citando i due modi estremi e opposti di descrivere gli *Ebola fighters*, come intanto li ha proclamati la copertina di fine anno del "Time". "Sono un soldato che si è ferito facendo il suo dovere."

La pensiamo proprio come lui. Solo la metafora del soldato non ci convince del tutto. Ebola è un'epidemia, che come tutti i mali dell'umanità prospera nelle società squilibrate e ingiuste. Contro le malattie non si combattono guerre, ma le si previene e le si affronta.

Un compito arduo, soprattutto in giornate come questa. Rossella entra infuriata nell'ufficio: "È arrivata la lettera del Comitato etico della Sierra Leone: ci bocciano il trial su amiodarone!".

Eccola, la risposta che stavamo aspettando. Le motivazioni sono un film già visto: non è provata l'efficacia (se lo fosse, perché dovremmo fare lo studio?), e il farmaco può essere pericoloso. Non solo, la lettera viene anche diramata a tutte le autorità sanitarie del paese, perché prendano nota e siano avvertite di questa attitudine di Emergency a fare danno.

"Adesso basta! Andiamocene da questo paese marcio. Ci sveniamo, impieghiamo tutte le nostre energie, rischiamo la vita, e in cambio solo insulti?" La rabbia è legittima, ma è anche passeggera. Nessuno pensa davvero di partire. Siamo qui per aiutare chi ha bisogno, non per raccogliere apprezzamenti. Il Comitato etico allega alla bocciatura la mail di un rappresentante dell'Oms che, parlando a nome dell'intera organizzazione, detta al Comitato: "Amiodarone non ha le caratteristiche per passare a uno studio di efficacia, e anzi, alla luce dei risultati di Lakka riportati dal 'BMJ', potrebbe fare danno".

La delusione è grande. Abbiamo lavorato sodo, tra la Sierra Leone, lo Spallanzani e l'IRCCS di Reggio Emilia, per definire questo trial, convinti che l'amiodarone abbia tutte le caratteristiche per meritare questa possibilità. È legittimo che qualcuno sollevi obiezioni – anzi, il confronto è l'essenza di qualsiasi dibattito scientifico – ma noi alle obiezioni abbiamo sempre risposto con fatti e dati: come mai nessuno ci spiega, scientificamente, perché "questo trial non s'ha da fare"?

Ora dobbiamo ricucire la tela di Penelope, e la possibilità di provare se l'amiodarone funziona non è più l'unica priorità. Ora dobbiamo anche spalare via tutto il fango che è stato scaraventato su Emergency.

Fabrizio
Quanto male ti ha fatto Ebola.

Che giorno è? Che ora è? È notte o è giorno? E dove sono?

La luce è accecante e ho la bocca in fiamme per la sete; voglio bere ma le mie mani non sono libere di muoversi. Mi sono appena risvegliato dal sonno artificiale indotto dai sedativi che hanno generato sogni deliranti; difficile ricordarli tutti ma uno – forse l'ultimo, o forse il primo, chissà – ce l'ho ancora ben lucido.

Quell'uccello gigantesco che mi parlava con il suo ghigno malvagio mi aveva indotto a deporre le armi, ad abbassare le difese perché – mi diceva – tanto avrebbe vinto lui. All'inizio ci avevo creduto, nel mio delirio ero cascato nella sua trappola; mi aveva anche suggerito come fare: "Batti il piede e tutto sarà risolto. Perché continui a lottare?".

Ma dopo quel primo momento in cui sentivo le mie forze abbandonarmi ed ero certo che l'uccello malvagio avesse ormai vinto, ricordo di avere ripreso la lotta e, soffio dopo soffio, dapprima sono riuscito a pormi in una condizione bilanciata per poi arrivare a sopraffarlo.

Non riesco a vedere il mio corpo; perché?

Ho l'impressione di non avere più né braccia né gambe; non le sento. Giro la testa verso sinistra e vedo alcune persone dietro una finestra. Riconosco Nicola. Tutti mi salutano con la mano e sorridono. Mi volto dall'altra parte e cerco di studiare l'ambiente: di fronte al mio letto, sulla destra c'è la porta d'ingresso di colore giallo, scorrevole, con apertura elettrica a pulsante. Alla mia destra le pompe da infusione e il monitor con i parametri vitali. Seguo i tubicini di raccordo delle sacche appese all'asta e vedo che raggiungono un'area dalle parti del mio collo. Deduco che mi è stato posizionato un catetere venoso centrale. L'ambiente è insolitamente piccolo per essere una terapia intensiva e presumo di essere in una stanza dedicata all'isolamento.

Ho sete, chiedo da bere. Quando, poco dopo, entra nella stanza una delle infermiere riesco finalmente a muovere il braccio destro. Lei mi porge una bottiglietta d'acqua ma non posso sollevare la testa da solo. Mi aiuta e finalmente riesco a bere quasi d'un fiato mezzo litro di acqua. Ne chiedo ancora, dalla seconda bottiglietta bevo però a piccoli sorsi.

"Te la senti di mangiare qualcosa?" mi chiede.

"No, non ne ho voglia. Ho soltanto sete."

"Fabrizio," insiste gentilmente, "non mangi da troppo tempo, saranno almeno dieci o dodici giorni. Ti stiamo alimentando con la nutrizione parenterale ma non è sufficiente."

Con il suo aiuto riesco finalmente a guardare il mio corpo. Vedo le mie gambe e le mie braccia smagrite e bianche; l'esantema è scomparso e i segni del digiuno e dell'allettamento sono evidenti. Provo disorientamento, non so se è giorno o notte e non so quanto tempo è passato da quando sono entrato qui: è come se la mia mente fosse stata messa in pausa e poi riavviata. Sono costretto a chiedere all'infermiera che si sta occupando di me.

"Che giorno è?" chiedo con un filo di voce.

"Oggi? È il 9 dicembre. Sei stato intubato per cinque giorni e hai avuto la febbre molto alta."

"Non ricordo nulla," aggiungo. "Non ho idea di cosa sia successo in questi giorni. Riesco solo a ricordare qualche incubo."

"Ti hanno sedato pesantemente perché eri molto agitato. Ma adesso va molto meglio. Come ti senti?"

"Non lo so," rispondo. "Mi sento come se mi mancasse qualcosa."

"Vedrai che piano piano tutto ritornerà a posto."

Durante la conversazione con l'infermiera entra un'altra persona. Si fa riconoscere subito.

"Fabrizio, buongiorno. Sono Nicola, ti ricordi, vero?"

"Sì, certo che mi ricordo. Cosa è successo?" chiedo al collega.

"Le tue condizioni si sono aggravate e abbiamo deciso, con il tuo consenso, di portarti in terapia intensiva. Hai iniziato a desaturare in modo pericoloso per cui è stato necessario intubarti e metterti in respirazione assistita. Non ricordi?"

"No."

"Hai avuto anche la malaria; sai? Ogni due giorni hai avuto picchi di febbre fino a 41 che non riuscivamo a spiegarci e così abbiamo fatto il test. Ti abbiamo curato e la febbre è scomparsa."

La sera dell'11 dicembre esco dal reparto. Rientrare nella barella è angosciante, tuttavia non posso sottrarmi e nonostante la sonnolenza percepisco di essere sollevato da braccia possenti affinché il mio corpo entri nel dispositivo attraverso il foro d'ingresso. Le luci al neon durante il tragitto sembrano più intense ma deve trattarsi di una mia impressione dovuta ai giorni di sedazione. Non più di mezz'ora dopo sono nella mia "vecchia" stanza. Tutti i dispositivi, il letto e il comodino, i tavoli e l'unica sedia in plastica grigia sono nelle posizioni in cui le ricordavo. La telecamera di sorveglianza che prima si trovava fissata al letto nella zona dei piedi, adesso è sistemata alla mia destra. La vedo muoversi e immagino qualcuno che in qualche altra stanza la manovra e che, magari, sta registrando tutto. Quell'occhio elettronico mi farà compagnia e in non poche occasioni mi sarà di aiuto nelle settimane successive.

"Che fine hanno fatto i miei telefoni?" chiedo a Emanuele. Da diversi giorni non do notizie ai miei cari. "Non preoccuparti," risponde lui come leggendomi nel pensiero. "In questi giorni sono stato personalmente in contatto con tutti loro. Comunque i tuoi cellulari sono nel cassetto del comodino."

Accesi cellulare e tablet, ricevo la notifica di un'infinità di messaggi. Inizio a leggerli con calma. Ci sono tante richieste da parte di giornalisti per avere esclusive di interviste e mi chiedo come abbiano fatto ad avere i miei numeri; ma ci sono, soprattutto, i messaggi delle persone che amo. Li leggo avidamente e mi rendo conto che non sento i miei familiari da quasi due settimane. È mattina e le ragazze se hanno fatto le brave sono a scuola; decido così di chiamarle nel pomeriggio. Mando invece un messaggio a Francesca.

Buongiorno, tesoro, sei al lavoro? Ti disturbo?

Ricevo subito la risposta: *Amore mio, stai scherzando? Non vedevo l'ora di avere tue notizie. E non sai che voglia ho di sentirti.*

Sono piuttosto debole ma se vuoi possiamo provare a sentirci.

Ti chiamo io; il tempo di spostarmi perché sono in visita.

Pochissimi minuti dopo il telefono squilla e sul display dello smartphone compare la foto di Francesca: è stata scattata prima che io partissi, ha i lineamenti distesi e un sorriso appena accennato e guarda verso di me con intensità.

"Buongiorno, tesoro," riesco a dire con un filo di voce.

"Amore mio, come ti senti? Sai da quant'è che aspetto questa telefonata?"

"Non ce la faccio a parlare e sono uscito da tre giorni dalla terapia intensiva," mi giustifico.

"Lo so, ho parlato con Emanuele quasi ogni giorno e ci siamo sentiti con tua sorella e con Andrea. Ma tu come stai?"

"Sono molto debole, ho ancora un po' di febbre e di diarrea ma respiro bene e non ho più vomitato. Non ce la faccio a muovermi, sono senza forze."

"Tesoro, sono stata così male!" riprende Francesca. Colgo nella sua voce una nota di commozione nel ripensare a quel lungo silenzio forzato. "Non puoi capire quello che ho, anzi, che abbiamo passato."

"Lo immagino benissimo. Ho chiesto a Emanuele, a Nicola e agli altri di tenervi informati. Mi hanno detto che l'hanno fatto con regolarità."

"Sì, ci hanno dato notizie praticamente ogni giorno."

"Amore, non riesco a parlare. Se vuoi continuiamo coi messaggi. Faccio molta fatica quando parlo."

"Sì, va bene. Però mandami una foto, voglio vedere in che condizioni sei. Un bacio, amore mio."

Cerco di accontentarla e faccio qualche foto del mio volto cercando di inquadrare anche parte del torace. Per la prima volta dopo diverse settimane ho la possibilità di osservarmi come se fossi allo specchio. Il mio volto è visibilmente dimagrito con gli zigomi ben evidenti; la barba si è allungata perché non mi sono più rasato dopo i primissimi giorni e mi dà un'aria da santone indiano (non mi piace!); indosso una maglietta bianca procuratami dagli infermieri e dal mio collo penzola il catetere giugulare. Però, ciò che più mi ferisce del mio aspetto è lo sguardo: è come se avesse perduto luminosità, come se si fosse spenta, insieme alla mia coscienza, la luce della vita. I miei occhi sono quasi indifferenti a ciò che mi circonda e lo sguardo è perduto in chissà quali pensieri, in chissà quali ricordi, in chissà quali emozioni. Rifaccio la foto cercando di abbozzare un sorriso ma l'espressione peggiora perché tradisce lo sforzo di mostrare una maschera piuttosto che un volto, così scelgo di inviare la prima che ho scattato.

La risposta di Francesca è immediata: *Amore mio*, scrive, *quanto male ti ha fatto Ebola*.

12.
Voci

Gennaio 2015

“Da qui, dalla prima linea, che ve ne sembra delle risposte a Ebola in Occidente?” La giornalista di una rete televisiva occidentale ci pone questa domanda alla fine, a registratore spento, come fosse una curiosità personale. Ci rubiamo quasi la parola a vicenda per risponderle, perché da mesi abbiamo mandato giù molti rospi che non riusciamo a digerire. Uno in particolare.

“Ebola è il Ground zero dell’Africa, e voi vi preoccupate solo che il virus non arrivi al Nord!”

Il modo in cui il mondo ricco ha reagito e reagisce a questa epidemia è una storia di sistematica sottovalutazione della catastrofe in Africa, e delle sue conseguenze a livello globale. In direzione uguale e contraria sono invece sopravvalutati i rischi che il virus finisca per dilagare anche in Europa o in America. Sono due facce della stessa medaglia, come la fame nel mondo e l’epidemia di obesità, o gli eccessi di cure mediche in chi non ne ha bisogno e la loro mancanza dove servono. Di queste contraddizioni i media sono sempre lo specchio fedele.

Tutto sommato a che serve metterci a recriminare? Accompagniamo la giornalista davanti a una delle casette di terapia intensiva, dove agonizza Samu. Ha cinque anni, la madre è morta appena arrivata al Centro.

L'interno della terapia intensiva è lindo e luminoso, quasi asettico con le piastrelle bianche che brillano al sole, le macchine da rianimazione che ronzano e lampeggiano. Se non fosse per il mastellone di plastica blu con l'acqua clorata che troneggia sul trespolo di legno al centro, e i catini rossi e gialli sparsi per terra, non si direbbe che siamo in Africa. Con Samu ci sono un medico e un infermiere, con la tuta gialla dalla testa ai piedi, il grembiule bianco e la visiera sul volto, irriconoscibili come antichi guerrieri in armatura. Solo dalla taglia si può intuire che sono un uomo e una donna. Quando si scostano si intravede una piccola testa nera di capelli crespi.

Samu, con gli occhi chiusi, i denti serrati, il corpo immobile, gira la testa madida di sudore da un lato all'altro sul materasso senza cuscino.

Resta così per un poco, poi comincia a muovere le gambe e le braccia, a inarcarsi e distendersi, come a cercare un'impossibile liberazione da qualcosa che lo tiene prigioniero. Sempre con gli occhi chiusi e senza emettere un suono, comincia a respirare più frequentemente. S'interrompe per poco, poi riprende.

La giornalista non aveva mai visto, finora, morire un bambino.

Samu continua a contrarsi e distendersi, come sotto ondate di febbre che lo consumano, con un gemito che si percepisce appena.

Poi apre le palpebre e guarda la figura mascherata che gli asciuga il viso. Apre la bocca e comincia a emettere un lungo grido ininterrotto.

La giornalista si allontana dalla finestra rapidamente. Nessuno parla mentre la scortiamo all'uscita del Centro.

Solo al momento di lasciarci chiede: "Da quanto tempo sta così quel bambino?".

"È da ieri sera che a tratti grida così, ma ora non ha dolore. È solo che non vuole morire."

Ne abbiamo visti tanti di bambini soffrire e morire qui, ma non ci si abitua. Come dice Albert Camus nella *Peste*, "l'agonia di un innocente" continua a sembrarci quello che è, uno scandalo.

Prima di essere ascoltata, anche questa regione "bambina" che è l'Africa occidentale – dove un terzo della popolazione è nata dopo la fine della guerra civile – per lungo tempo ha dovuto "gridare" di non voler morire a un mondo occidentale sordo e cieco.

Corrono quasi cinque mesi tra il 22 marzo 2014 – quando il ministero della Salute della Guinea avvisa l'Oms che la più estesa epidemia di Ebola della storia sta infuriando nel paese ormai dall'inizio dell'anno – e l'8 agosto 2014, quando Margaret Chan, direttrice dell'Oms, prende la decisione di decretare che si tratta di un'emergenza internazionale, cioè di qualcosa che ci riguarda tutti, globalmente. Durante quei mesi, e anche dopo, se ne sono lette e sentite di tutti i colori. Dopo, le cose – se possibile – peggiorano.

Le istituzioni nazionali e internazionali sulle due sponde dell'Atlantico cominciano a produrre informazioni sulla malattia, di cui si sa tuttora poco o nulla, e dati sui casi accertati e sui decessi: numeri che aumentano rapidamente, pur essendo sempre largamente imprecisi e sottostimati. Intanto molti commentatori non resistono alla tentazione di cavalcare l'allarme per rafforzare le proprie posizioni, soprattutto le più razziste e xenofobe in tutti i paesi, dove chi più chi meno ha letto in Ebola un'occasione imperdibile per criminalizzare l'Africa intera.

Quotidianamente qualche giornale annuncia che il contagio è sbarcato in Italia o in Europa con gli immigrati, i clandestini, i rifugiati. Sui blog e sui social media compaiono storie travisate o completamente inventate, foto false di africani che vomitano sangue, morti vere ma per altre malattie spacciate come "primi casi" in Europa. Ogni bufala, entrata nei circuiti riverberanti dei media, rimbalza dai telegiornali ai post su Facebook, dalle dichiarazioni degli opinion leader alle urla dei talk show.

I governi e le autorità sanitarie passano il tempo a smentire, rispondendo alle leggende metropolitane come se meritassero di essere prese sul serio. Per esempio in Italia il ministro Lorenzin interviene in Parlamento per sventare quelli che chiama "tentativi in corso di procurato allarme": "Oggi su internet girava questa immagine, dove c'è scritto: 'Ebola è arrivato, tre casi a Lampedusa, i medici e gli scienziati temono un'epidemia globale, condividi, informa anche amici e parenti'. Questo tipo d'informazione è pericoloso per la salute pubblica, pericoloso perché crea un inutile allarmismo nel nostro paese. Noi non abbiamo nessun rischio di contagio Ebola in Italia".

Messe sulla difensiva, le autorità quasi nulla dicono e fanno per affrontare la catastrofe reale, ma si attivano per quella immaginaria che potrebbe colpire l'Occidente: a lungo gli atti dei nostri governi contengono solo dettagliate disposizioni per il rafforzamento delle misure di sorveglianza nei punti d'ingresso internazionali, porti e aeroporti.

Ormai tutti lo ammettono, lo ha scritto chiaro il "New York Times" in un'inchiesta pubblicata alla fine di dicembre dal titolo *How Ebola roared back* ("Come Ebola è tornata a ruggire"): sarebbe bastato uno sforzo modesto nella primavera del 2014 per fermare l'epidemia, ed evitare diecimila morti o forse più. Invece quasi tutti preferirono voltarsi dall'altra parte.

Pierre Rollin, il massimo esperto di Ebola dei Centers for Disease Control (CDC) statunitensi, ai primi di maggio vola in patria dichiarando che il virus in Guinea è ormai in ritirata, come era avvenuto per tutti i precedenti focolai in Africa centrale. Così può sembrare all'epoca, ma solo a patto di ignorare i numerosi segnali che indicano come un'epidemia sotterranea, parallela a quella dei dati ufficiali e incoerenti dei governi e dell'Oms, si stia diffondendo attraverso i funerali clandestini e abbia ormai superato le labili frontiere di Liberia e Sierra Leone. Il virus, come una talpa, scava sotto la superficie delle dichiarazioni rassicuranti, della disattenzione internazionale, della confusione manageriale e del negazionismo dietrologico. Sembra che ciascuno abbia i suoi buoni motivi per non darsi troppo da fare e non guardarsi troppo attorno. Per molti mesi rimangono in prima linea solo alcune organizzazioni, soprattutto quelle che avevano attivato una risposta immediata, come Medici senza frontiere, o quelle che si trovavano già sul posto, come Emergency. Grande coraggio e dedizione ma mezzi sproporzionati alle necessità, e soprattutto mancanza di informazioni attendibili che consentano di comprendere il fatto che, per ragioni geografiche, storiche e culturali, questa epidemia non è come le precedenti.

Non ci sono stati solo errori di valutazione. Per comprendere come sono andate le cose fino ad agosto, e anche dopo, bisogna riconoscere che la base di tutti gli sbagli è un pregiudizio accecante: Ebola è un problema solo africano, e noi del Nord ci dobbiamo preoccupare solo dell'eventualità che, fortuitamente, uno schizzo ci raggiunga. Per il resto, possiamo lasciare che si estingua da solo, come ha sempre fatto. Al massimo manderemo qualche aiuto.

È questo il processo globale che ha portato Samu in quel letto, come abbiamo cercato di spiegare alla giornalista.

"Perché i bambini devono soffrire?" ha chiesto una dodicenne malata a papa Francesco, durante la sua visita nelle Filippine a gennaio. Non sappiamo ripetere la risposta riportata dai media. Forse l'unica cosa che abbiamo capito bene è la premessa: si tratta di una domanda a cui l'uomo non sa rispondere, anche se è un papa. Di una cosa siamo sicuri: chiunque abbia colpa per questo disastro, i piccoli almeno sono innocenti.

E innocente è anche questa popolazione, così giovane da non poter né sapere né ricordare nulla degli eventi che hanno condotto fin qui l'Africa occidentale: a cominciare dalla deportazione in schiavitù per continuare con il ritorno dei liberati, le guerre e le oppressioni coloniali, fino al recente rilancio dello sfruttamento minerario.

Le condizioni necessarie e sufficienti per l'esplosione di questa epidemia le abbiamo create noi che abitiamo nel Nord del mondo, a Occidente e a Oriente, consumando tutto il superfluo che ci sembra indispensabile e non restituendo quasi nulla. Totalmente inconsapevoli di aver contribuito a provocarla, abbiamo ignorato l'epidemia di Ebola, fino al momento in cui abbiamo avuto paura che potesse uscire dal suo ghetto africano e venire ad afferrarci.

Poi è stato il panico.

Il 18 settembre si muove l'Onu. L'Assemblea delle Nazioni unite e il Consiglio di sicurezza decretano all'unanimità che Ebola costituisce una "minaccia per la pace e la sicurezza internazionali". Siamo in guerra dunque, e bisogna armarsi. Il presidente degli Stati Uniti Barack Obama mette sul piatto una forza di 3000 militari, tra sanitari, genio e sicurezza, e a questa aggiunge almeno 500 milioni di dollari per sostenere lo sforzo, la costruzione di 17 centri di trattamento in Africa occidentale e l'addestramento di migliaia di infermieri e medici. Il comando della forza americana prende stanza a Monrovia, capitale della Liberia.

Intanto anche il Department for International Development inglese investe centinaia di milioni di sterline per fermare Ebola, e si impegna nella costruzione di 6 Centri di trattamento da 100 letti ciascuno in Sierra Leone, ex colonia britannica. Uno è proprio quello sorto sull'area di Goderich destinata al comitato olimpico della Sierra Leone, e affidato a Emergency. Non ci sembra vero. Nelle stesse settimane il governo italiano annuncia bandi di finanziamento per distribuire meno di un milione di euro alle Ong italiane: a conti fatti, quei soldi non bastano nemmeno per iniziare. Gli inglesi invece, dopo aver visto il lavoro di Emergency a Lakka, ci offrono di prendere in gestione uno dei nuovi centri, garantendo anche i milioni di euro necessari. Ci mettiamo subito a lavorare con i loro ingegneri, per progettare insieme gli spazi più adatti alle cure intensive che vogliamo assicurare ai malati.

L'improvviso fervore autunnale delle grandi potenze occidentali si esprime con la metafora della "guerra contro Ebola". Si fanno anche previsioni catastrofiche del numero di vittime che resterà sul terreno: i CDC annunciano che, nel peggiore degli scenari, se gli "eserciti" non si muoveranno per tempo, a gennaio conteremo un milione e 400.000 malati: un'ecatombe. A fine gennaio 2015 scopriremo che si è arrivati in realtà a poco più di 22.000 casi, con quasi 10.000 decessi (senza contare ovviamente i non registrati, che sono tanti). Un numero comunque enorme se si pensa a tutte le morti che si sarebbero potute evitare.

La retorica della "guerra" copre anche la motivazione principale, quella di impedire che il virus dilaghi fuori dai confini dei tre paesi che ha ormai conquistato. Le scintille che dall'incendio arrivano in Nigeria, in Senegal e in Mali, anche se subito si spengono, fanno accapponare la pelle all'idea che possa succedere lo stesso in America o in Europa.

E ovviamente succede. *Choc negli Usa, morto paziente zero,* titolano le agenzie. Si parla di Thomas Eric Duncan, quarantadue anni, il cittadino liberiano venuto negli Stati Uniti in visita alla fidanzata, morto l'8 ottobre 2014, dopo un'incredibile serie di errori della sanità del Texas. A seminare angoscia non è tanto la sua morte, ma il contagio di ben due infermiere tra i molti che l'hanno curato. Fortunatamente guariranno.

Quasi contemporaneamente, le autorità spagnole fanno sapere che un'infermiera ausiliaria dell'ospedale La Paz-Carlos III di Madrid, Teresa Romero, che ha partecipato alla cura di un missionario medico spagnolo rimpatriato con l'infezione di Ebola, si è ammalata. Insieme alle due colleghe di Dallas, Teresa fa balenare la possibilità che Ebola possa trasmettersi e installarsi fuori dall'Africa occidentale.

Il panico è alle stelle. In ottobre solo negli Stati Uniti circolano 21 milioni di tweet su Ebola, mentre nello stesso mese in Africa occidentale i messaggi sull'argomento sono solo 14.000: la sproporzione tra l'epidemia reale e quella mediatica raggiunge il suo apice.

Chiunque può capire che senza le spaventose condizioni igieniche e sanitarie dei tre paesi colpiti, Ebola può anche produrre casi sporadici, e lo farà ancora, ma si può fermare subito: basta l'organizzazione di nazioni come la Nigeria o il Mali per riuscirci. Eppure i governatori di stati come New York e New Jersey impongono la quarantena obbligatoria ai sanitari che tornano dall'Africa occidentale. Come dire: prima di partire, pensateci bene, perché al ritorno vi tratteremo da untori.

E sempre in ottobre a Roma, su un autobus, una ragazzina apostrofa così una giovane donna della Guinea: "Fatti più in là, mi attacchi l'Ebola". Poi, aiutata dai genitori, la malmena: "Sporca negra, che ci fai qui?". Il virus può anche essere nuovo, ma i pregiudizi e la discriminazione sono vecchissimi.

Sta calando la sera, la finestra di Samu è illuminata. La giornalista è ripartita, speriamo con più comprensione di quanto è successo e succede quaggiù rispetto a quella che, nei mesi, hanno dimostrato tanti suoi colleghi.

Noi non riusciamo a staccarci dalla terapia intensiva dove Samu sta perdendo la sua battaglia. Il rianimatore ha ritenuto indispensabile collegarlo alla macchina per respirare, e per farlo ha dovuto inserirgli un tubo nella trachea. Non può più gridare, per ore lo ha fatto con gli occhi, ancora più forte, tenendosi afferrato con le mani al lenzuolo e al materasso. Da due ore non combatte più, è come se avesse perso le forze. Tiene gli occhi chiusi, infossati nelle palpebre arrossate, le mani – abbandonate sul lenzuolo – non stringono più nulla. Sembra dormire un sonno senza sogni.

All'improvviso si sveglia, a gesti chiede qualcosa all'infermiere. Quando l'infermiere torna con un inserviente lo scuote, ma Samu non risponde più. Tentano anche di fargli un massaggio del torace. Non serve.

Entrano altri due inservienti per preparare il corpo e, quando la salma è pronta, tutto il personale comincia radunarsi e a cantare inni religiosi davanti alla finestra. Alcune donne in segno di dolore si tolgono le parrucche e i loro acuti lamenti lacerano la notte calda, i ragazzi si percuotono il petto e pestano la terra coi piedi, mentre versano lacrime di dolore e rabbia. Lentamente la salma è portata verso l'obitorio, sempre accompagnata dai canti e dalle preghiere di tutti, ciascuno nella sua lingua e nella sua fede.

Ci sono pochi altri malati nel Centro. Alla fine di gennaio il numero di nuove infezioni è iniziato a calare anche in Sierra Leone. È presto per dire che l'epidemia volge alla fine, perché basta abbassare la guardia per dare modo a Ebola di rialzare la testa, come è avvenuto la primavera scorsa.

Ma c'è soprattutto il rischio che ancora una volta l'Occidente prenda un abbaglio, e si allontani da qui con sollievo pensando che sia tutto finito. Non abbiamo capito come è cominciata, non abbiamo capito cosa avremmo dovuto fare per fermarla, e ora possiamo pensare di andarcene e lasciare che tutto continui come prima, fino alla prossima epidemia? Tirando magari un sospiro di sollievo per lo scampato pericolo, con un grazie agli Ebola fighters?

Per l'Africa occidentale, dopo Ebola, i guai non saranno finiti. Non dimentichiamo che cosa significa per un paese perdere un anno o più di scuola, di agricoltura, di investimenti, di costruzioni, di turismo, di democrazia, di opposizione contro i flagelli comuni, come malaria o tubercolosi. La Banca mondiale ogni due mesi rifà le somme delle perdite e delle disgrazie, ma alla fine i conti non tornano mai e le contraddizioni di questo sistema ci riguardano tutti.

Il collasso sanitario, sociale ed economico di un'intera regione africana e la sua emarginazione produrranno effetti a cascata, non solo locali. Effetti che si propagheranno nello spazio e nel tempo proprio attraverso le vie e i meccanismi della globalizzazione, secondo quei modelli che, studiati dai matematici per descrivere le epidemie, spiegano perfettamente anche le crisi finanziarie ed economiche, e viceversa. Che piaccia o no, ormai spesso le cause agiscono a grande distanza da dove ricadono le conseguenze, per cui non vi è difesa possibile entro i propri confini; l'unica speranza potrebbe venire da forti istituzioni e politiche sovranazionali, di cui per il momento non si vede traccia. Anzi, Oms, Onu e altri organismi non sono mai sembrati tanto fragili e irrilevanti.

Fabrizio
Un dono di luce.

Nel pomeriggio del 13 dicembre Emanuele entra nella mia stanza con l'aria delle grandi occasioni, risvegliandomi dal torpore.

"Ciao Fabrizio, la viremia sta scendendo rapidamente," esordisce soddisfatto. "Se procede così contiamo di dimetterti per Natale."

"Grande notizia!" esclamo. "Credi che davvero ce la faremo? Sarebbe meraviglioso!"

"Pensiamo di sì. Migliori di giorno in giorno."

Quando esce dalla mia stanza dal percorso sporco chiudo gli occhi e penso all'albero di Natale che c'è sempre stato a casa mia; quell'albero simbolo del dono di luce che si riceve nel periodo solstiziale, retaggio dell'epoca in cui, secondo il mito, gli Iperborei celebravano la rinascita del Sole e la ripresa della vita dopo il momento di massima oscurità. Penso a quel simbolo di vita e di luce, alla mia Etna che in questo periodo dell'anno inizia a innevarsi e a offrire ai catanesi la sua immagine maestosa e temibile con il suo sempiterno pennacchio di fumo dal cratere centrale. Talvolta, per effetto delle correnti ascensionali, si genera un cono di fumo con il vertice rivolto in basso che chiamiamo "la contesa dei venti", un'espressione, derivata forse dal dialetto locale, che chiama il fenomeno "contessa dei venti" per la figura che si delinea di una donna abbigliata con un abito svasato. Queste immagini mi danno serenità, mi danno forza, mi danno la speranza di rivedere presto i luoghi cui sono così tanto legato. E le mie ragazze.

Qualche giorno dopo, il 16 dicembre, mi sento meglio. I miei parametri vitali migliorano lentamente ma con costanza.

Nicola mi conferma che potrei davvero essere dimesso per Natale. Poi, come casualmente, lascia cadere la notizia-bomba.

"Stamattina hanno chiamato dall'ufficio del presidente della Repubblica. Vorrebbe chiamarti per salutarti. Sai, ha seguito la tua vicenda giorno per giorno con discrezione, e adesso che ha saputo che stai meglio ti vorrebbe sentire. Ha chiamato anche il ministro Lorenzin per la stessa ragione. Che ne dici? Te la senti di parlare con loro?"

Se me la sento di parlare con il presidente della Repubblica italiana e con il ministro della Salute?

"Ma certamente, ovvio che sì."

"Molto bene. Adesso vado, che sono qui dalle otto di stamattina e sono un po' stanco."

"A chi lo dici!"

Mentre si gira verso di me per salutarmi posso cogliere un lieve movimento della mascherina, come se stesse sorridendo.

Quella sera gli infermieri, che hanno ricevuto la consegna di somministrare un ipnotico in caso di insonnia, vedendomi agitato nel letto, verso mezzanotte mi propongono di assumerne una mezza compressa. Inizialmente rifiuto perché non ne ho mai avuto bisogno, ma poi penso bene di accettare. Non appena mi distendo avverto una strana sensazione: vedo il soffitto al di sopra di me girare vorticosamente insieme alle persone che in quel momento mi stanno assistendo. Sono colto dal panico; non ho mai preso psicofarmaci neanche blandi (mai neanche una canna, figurarsi) e adesso mi trovo in balia degli effetti del tranquillante. Nonostante il malessere, di lì a poco mi addormento. Ma nel corso della notte (me lo racconteranno i colleghi dato che io mi trovavo, per dirla con Castaneda, in uno "stato di realtà separata") l'ipnoinducente determina una sorta di sonnambulismo. Mi alzo dal letto e cerco di uscire dalla stanza, cosa che, normalmente, non mi sarei mai sognato di fare. Chiaro che non ne ho memoria.

Malgrado la disavventura notturna, al risveglio mi sento riposato. A metà mattina circa squilla il cordless che mi hanno portato. Mi sento emozionato; so chi è. Rispondo. È il capo di Gabinetto e mi dice che il presidente Napolitano desidera parlarmi e che sarò messo in contatto con lui tra qualche istante. Dopo neanche un minuto ecco la voce del presidente: "Buongiorno, caro Fabrizio. Come si sente? Ho seguito personalmente la sua vicenda giorno per giorno e sono molto felice di poterla finalmente sentire".

"Buongiorno, presidente," rispondo. "Sono più che onorato per la sua telefonata."

"Lei è il simbolo della migliore Italia e l'espressione del sacrificio e della buona volontà."

"Sono soltanto un piccolo uomo," rispondo confuso dalle parole di elogio.

"Non importa," mi interrompe. "Non importa quanto lei si senta piccolo perché ciò che è stato capace di fare è stato grande e la rende grande."

Poi la conversazione procede con la descrizione della situazione e della geografia della Sierra Leone, della condizione politica africana e degli interventi della cooperazione internazionale. Dopo circa dieci minuti il presidente conclude: "Se me lo consente, la chiamerò ancora per informarmi delle sue condizioni".

"Quando vuole, signor presidente. Quando vuole."

"A presto, allora. Sinceri complimenti per la sua opera."

Riaggancia e io resto con il telefono in mano per qualche secondo pensando che ho appena finito di parlare con il presidente della Repubblica.

La mattina dopo, il 19 dicembre, quando gli infermieri entrano nella stanza per fare i prelievi, io dormo ancora. Nel pomeriggio ricevo l'esito delle analisi.

"L'Rna virale nel sangue non è determinabile ma è rilevabile," esordisce Emanuele senza giri di parole.

So cosa vuol dire.

"Quindi suppongo che per Natale non ce la facciamo con la dimissione. Giusto?"

"Penso proprio di no; mi dispiace. Cerca di capire anche la nostra situazione."

"Non preoccuparti. Capisco perfettamente. Sono un infettivologo anch'io."

"Faremo i prelievi a giorni alterni," prosegue Emanuele. "Dobbiamo avere due esiti negativi su sangue e due negativi su urine a distanza di quarantott'ore di distanza per poterti dimettere."

Comprendo, ma provo ugualmente un'intensa delusione. Avevo tanto sperato di poter passare il Natale con le mie ragazze.

Aspetto pazientemente l'ora di cena e, subito prima delle sette, gli infermieri mi propongono la pizza. Accetto la proposta con entusiasmo, mi sembra una preziosa parvenza di normalità. Poi però mi ricordo un dettaglio non secondario: "Non ho soldi con me, come la pago la pizza?" chiedo nell'interfono.

La risposta è una sonora risata che sento anche senza l'ausilio dell'interfono.

"Te la offriamo noi!" mi rispondono in coro. "E stasera ti facciamo anche una sorpresa."

Eccola, un piccolo albero di Natale. È un pensiero che riesce a risollevarmi un po' il morale. Sistemo subito l'alberello sul tavolo dove posso vederlo da ogni punto della stanza. Un piccolo angolo di conforto.

Purtroppo l'esame successivo risulta ancora positivo e anche la speranza di poter trascorrere almeno Capodanno coi miei si infrange. Faremo altri prelievi il 30 e poi il primo gennaio. Il personale di laboratorio è molto efficiente e sacrifica per me il giorno di festa. Sono molto riconoscente. Lo sono ancora di più quando il 31, al mattino, ricevo la risposta del primo test sulle urine: è negativo e ricomincio a sperare.

È davvero una singolare festa di Capodanno: festeggio con le infermiere di turno, Loredana e Silvia. Davanti alla porta del percorso pulito stappano la bottiglia di spumante che hanno portato per l'occasione: sono due ragazze dell'hinterland romano e sono molto allegre quella sera; c'è nell'aria il profumo della vittoria; la mia e la loro. Brindiamo.

Quando vanno via, bevo un altro mezzo bicchiere di spumante e leggo i messaggi che ho ricevuto, la maggior parte fa riferimento al discorso di fine anno del presidente Napolitano. Cita il mio nome e mi definisce addirittura un'eccellenza d'Italia. Lo rivedo in streaming e mi sento orgoglioso di questo riconoscimento ufficiale ma rifletto anche sulla grande responsabilità che quelle parole (che ascolto ancora una volta per essere sicuro di aver capito bene) investono su di me: rivedo la mia vita, le mie scelte, i miei errori di uomo. Adesso, tutt'a un tratto, divento un simbolo. Sarò all'altezza?

Mi addormento con questi pensieri ma anche con l'idea che, se tutto andrà per il verso giusto, domani potrebbe essere l'ultimo giorno o, al massimo, il penultimo.

Alle cinque del pomeriggio squilla il cellulare: è Emanuele. Forse per la prima volta da quando mi trovo allo Spallanzani, la voce è rilassata. Poi, dopo appena un istante di suspense: "Fabrizio. È finita!".

"Davvero?" rispondo quasi incredulo.

"Sì, è finita davvero. Il test è negativo."

La notizia mi rende euforico: finalmente la mia "prigionia" volge al termine, posso uscire, posso tornare a essere una persona normale, non devo più stare rinchiuso.

Comunico a tutti i miei cari la novità e, per qualche istante, sento una profonda commozione crescermi dentro. Telefono alle mie figlie, a Francesca, a Rosanna e inizio a mandare messaggi agli amici.

La mattina dopo alle sei e mezzo sono già sveglio. Purtroppo devo aspettare che arrivino i colleghi e che l'infermiere del turno di notte riceva il cambio perché, prima di essere dimesso, devo sottopormi a una serie di procedure per lasciare la stanza. Servono tre docce, una delle quali con soluzione clorata per eliminare eventuali residui di virus dalla mia pelle.

Alle sette e mezzo circa è tutto pronto. Devo lasciare tutto lì, compresi i cellulari, i libri, il notebook che mi hanno portato i volontari di Emergency di Roma. Riesco a salvare soltanto le cose che possono essere immerse in soluzione clorata per la disinfezione: l'orologio, il mio braccialetto di acciaio e la collana che porto da quando avevo diciotto anni. Tutto il resto deve subire il processo di sanificazione e forse non potrò riaverlo.

Alle dieci arrivano Cecilia Strada e Lorella, la responsabile stampa dello Spallanzani. È un giorno importante per l'ospedale, c'è da celebrare una vittoria. Cecilia mi abbraccia, parliamo di programmi futuri e ridiamo anche un po' della mia lunga "prigionia". Lorella mi informa, invece, che ha convocato tanti giornalisti. Sarà presente anche il ministro Lorenzin.

La conferenza stampa inizia a mezzogiorno. Per raggiungere la sala, in un altro padiglione, propongono di accompagnarmi in macchina ma scelgo di fare due passi. Per essere il 2 gennaio, il sole è forte e io mi sento vivo. Non appena esco all'aria aperta avverto, solo per un istante, un mancamento; non ho fatto i conti con le mie condizioni: i muscoli delle gambe non mi sostengono e per camminare devo prendere una strana andatura. Faccio molta fatica, ma non voglio perdermi il piacere di respirare l'aria fresca di quella mattina a Roma.

La sala conferenze è una foresta di microfoni, di obiettivi, di treppiedi, di telecamere. E una folla di giornalisti che sono lì ad attendermi. Mentre entro nella stanza scoppia un applauso. Sembra incredibile ma è per me.

Per una persona normale.

13.
La fine del tunnel?

Gennaio-febbraio 2015

"Li senti questi canti allegri e queste grida di bambini? Da dove vengono?" Per qualche giorno viene sospeso il coprifuoco, e la colonna sonora della Sierra Leone sembra essere tornata quella di un anno fa. Si può nuovamente andare in spiaggia, e oggi c'è una festa con musica e balli. Soprattutto le donne sono scatenate nella danza. E tutti si toccano, si abbracciano, si danno la mano: una necessità che qui è molto sentita. Il corpo è spesso quasi tutto quello che hanno: "Aw Di bodi?", "Di bodi fayn" sono il saluto e la risposta in lingua creola. Non potersi toccare, negli ultimi mesi, è stata una sofferenza per tutti. "Vi chiedo scusa se non vi do la mano" è una frase che abbiamo sentito pronunciare, con sincero dispiacere, in tutte le riunioni.

A Waterloo, nello spiazzo davanti all'edificio dove Emergency ha la sua base, una decina di ragazzi gioca a pallone, cosa che non vedevamo fare da mesi. Speriamo che presto possano riaprire le scuole. Come tante strutture pubbliche, anche molti edifici scolastici durante gli scorsi mesi erano diventati centri di isolamento e di triage per Ebola, subendo anche vari rimaneggiamenti. Il governo ha deciso che proprio le scuole siano le prime strutture a essere restituite alla loro funzione originale.

"Oggi non è arrivato nessun malato, e ne abbiamo dimessi due guariti," dice Gina rientrando a casa a tarda sera dalla Zona rossa di Goderich. "In terapia intensiva ne abbiamo sette, e belli impegnativi." E infatti Gina non la vediamo quasi più, è sempre là dentro.

L'ultima settimana di dicembre era stata infernale. Poi i dati quotidiani del ministero hanno cominciato a calare, giorno dopo giorno. All'inizio poteva essere una delle fluttuazioni cui Ebola ci ha abituato. Poi col passare del tempo abbiamo cominciato a sperare che stesse davvero per finire. "Forse ci siamo, forse ce la facciamo a venirne fuori, forse si riesce a sconfiggere questa epidemia."

Alle riunioni di coordinamento gestite dal ministero e dall'Oms si contano ancora i letti, ma al contrario: ora si vuole sapere quanti ne restano vuoti per razionalizzare la gestione dei pazienti e del personale, e permettere a parte dello staff sierraleonese di tornare a lavorare nei rispettivi ospedali. Bisogno ce ne sarebbe, perché la rete ospedaliera del paese, già fragile prima dell'epidemia, è stata messa in ginocchio ai primi duri colpi di Ebola, in agosto. Le strutture attivate in pochi mesi sono nuove e ben attrezzate, ma di natura precaria. Pochi edifici in muratura e molte tende, che alla prossima stagione delle piogge cominceranno a non essere più tanto funzionali.

Il personale poi come si rinnova e come si paga? Ora ci sono oltre ventiseimila inservienti e infermieri locali che lavorano nei centri Ebola, strapagati rispetto agli standard della Sierra Leone, grazie soprattutto ai fondi della Banca mondiale. Quando gli investimenti d'emergenza si andranno esaurendo, oltre ai medici e agli infermieri esterni verrà meno anche la possibilità di continuare a retribuire il personale locale. Perlomeno ai livelli attuali, gonfiati dalle indennità per il rischio epidemia. E questa non è una difficoltà solo per la sanità, ma un nodo politico per l'intera regione. Con tutte le attività ferme o quasi, quale governo può lasciare che si esaurisca il flusso di denaro alimentato in questi mesi dalle necessità di fronteggiare l'epidemia? Negli ultimi mesi, per quel (poco) bene come per il male, l'economia dell'Africa occidentale è girata attorno a Ebola.

Questi sono i problemi che si dovranno affrontare. Oggi i pazienti ci sono ancora, e sono gravi. Per curarli al meglio continuiamo a cercare medici e infermieri internazionali, soprattutto quelli esperti e competenti di terapia intensiva, per la quale il Centro è ormai completamente attrezzato. Curare un solo malato di Ebola con strumenti come il respiratore artificiale o la dialisi, rispettando le misure di sicurezza, assorbe l'attività di venti-trenta professionisti, a Roma come a Francoforte o a New York. Qui ne sono disponibili la metà, e assistono magari sei o sette malati contemporaneamente.

"Bisognerebbe riuscire ad avere con noi almeno altri cinque o sei anestesisti esperti per reggere a questo sforzo," dice Antonio Pesenti, uscendo esausto dalla Zona rossa dopo la morte di Mohamed, nonno di cinquant'anni la cui intera famiglia è stata spazzata via da Ebola in pochi giorni. Antonio è oggi uno dei maggiori esperti di cure intensive in Italia. Noi lo conosciamo da quando negli anni settanta eravamo tutti e tre nel dipartimento di Emergenza al Policlinico di Milano. È venuto anche lui in Sierra Leone a rimboccarsi le maniche, e si rende conto di quale peso gravi sui pochi medici e infermieri presenti, ma sa che non è facile mettere in moto l'arrivo di altro personale, soprattutto ora che in Occidente ci si sta affrettando a suonare la ritirata per scampato pericolo.

"Buone notizie: ho sentito Martin, verrà giù a darmi il cambio." Anche Martin Langer è un grande esperto di cure intensive, un'altra vecchia conoscenza dai tempi del Policlinico. "La brutta notizia è che, con tutti gli sforzi che facciamo, muoiono sempre troppi malati." Antonio guarda e riguarda i profili dei danni agli organi come rene, fegato e polmone che emergono dai risultati del laboratorio di Goderich, uno dei pochi, se non l'unico in Africa occidentale, che può fare quasi tutte le analisi possibili in un centro europeo o americano. "Ora ne guariscono sei su dieci, mentre a Lakka erano meno della metà, ma continuiamo a non sapere bene né come né perché gli altri non ce la fanno." La mortalità dei pazienti varia di settimana in settimana. Da settembre a oggi abbiamo alzato il livello di assistenza in modo lineare. Oggi nel Centro di Goderich abbiamo una terapia intensiva con monitor, pompe per infusione, ventilatori, macchine per la dialisi; abbiamo un laboratorio di biochimica e uno di virologia. Le migliori cure possibili, tuttavia, non si traducono sempre in una riduzione della mortalità. Sei su dieci ce la fanno, ma quattro su dieci muoiono, e non è facile capire perché. Confronti con altri centri non se ne possono fare perché, anche nei pochi casi in cui i dati sono disponibili, le caratteristiche dei malati e dell'assistenza variano molto.

Le stesse statistiche di mortalità del ministero non servono a molto per fare raffronti, perché rimangono del tutto inattendibili, soprattutto per il numero di morti sul totale dei casi accertati.

"Forse la settimana prossima il Comitato etico della Sierra Leone scioglierà le sue riserve sul trial dell'amiodarone," comunica Rossella che segue da novembre questo tormentone. Con Beppe Ippolito e Giovanni Apolone abbiamo riscritto il protocollo, accogliendo ulteriori richieste di informazioni, e siamo ancora in attesa di una risposta.

Una sera a cena ci viene anche da ridere, amaramente, pensando a chi ci ha chiesto di stipulare un'assicurazione per i pazienti del trial. "Che senso ha un'assicurazione per un farmaco già noto e usato da sessanta milioni di persone al mondo? E a quale prezzo, per l'unico studio senza scopo di lucro, condotto da persone che mettono a rischio la loro vita? E quale assicurazione firmerebbe un contratto oggi in Sierra

Leone? Nessuna." Sarebbe possibile e realizzabile solo quando l'epidemia sarà dichiarata definitivamente conclusa. Solo che allora non ci saranno più i malati, l'unico ingrediente indispensabile, in un tragico "Comma 22": "Questo studio è realizzabile solo in corso di epidemia, ma se è in corso un'epidemia è vietato realizzare uno studio del genere".

Ci stiamo recando all'ennesimo incontro di coordinamento nella sede del National Ebola Response Centre quando, avvicinandoci alla città, ci accorgiamo che in molti posti, dai supermarket a diversi edifici pubblici, all'ingresso non ci sono più i trespoli con i catini pieni di acqua e candeggina per lavarsi le mani. Oggi non incontriamo nessun check-point lungo la strada e, guardando i passanti, la "distanza di sicurezza tattile" che, sia pur a fatica, tutti si erano abituati a mantenere, sembra ormai spazzata via.

"Non c'è il rischio che si stia abbassando troppo presto la guardia?" Probabilmente sì, anche perché, mentre in Liberia i nuovi casi settimanali si contano ormai sulle dita delle mani, in Sierra Leone sono ancora attorno al centinaio.

"Il virus gira ancora. Basterebbe un bel funerale, di quelli che si facevano una volta, per riattizzare l'incendio." È vero però che sarebbe ormai anche facile spegnerlo sul nascere, com'è stato fatto in Nigeria in agosto e in Mali ben due volte, l'ultima in novembre. È sufficiente essere pronti a individuare tutti i contatti dei malati e sorvegliarli per cogliere i sintomi sul nascere, in modo da interrompere la catena di trasmissione del virus dopo pochissimi passaggi.

Mentre noi discutiamo – con le altre organizzazioni internazionali, il ministero e l'Oms – di come ridistribuire i letti disponibili nei centri di trattamento in vista della fine dell'epidemia, Beppe, Antonio e Aldo sono a Ginevra nella sede dell'Oms a sostenere le ragioni per fare il trial.

"Com'è andata?" ci affrettiamo a chiedere appena riusciamo a sentirli.

"Bene, alla fine sembra che sia tutto chiaro," ci rispondono trionfanti. "Lo riconoscono: tutto si può dire tranne che amiodarone sia velenoso a quelle dosi. Lo abbiamo sdoganato!" Guardiamo le slide della riunione notando con sollievo che finalmente è stata rimossa l'assurda frase sul timore di tossicità.

Intanto, fuori dalla Sierra Leone, sono partiti i primi studi clinici.

Uno ha vita brevissima: "Ho sentito alla radio che hanno annunciato l'interruzione dello studio, perché il numero di malati in Liberia è troppo basso per pensare di ottenere un risultato chiaro," ci informa Beppe.

Purtroppo in Sierra Leone ci sono ancora malati, perciò lo studio si potrebbe iniziare se il Comitato etico si decidesse a dare una risposta. A noi non interessa l'annuncio, quanto arrivare a una conclusione utile.

Le polemiche sull'"invasività" di Emergency si sono ormai spente. Anzi il Centralino nazionale per l'emergenza e altri centri di trattamento ci chiamano per trasferire a Goderich soprattutto i pazienti più gravi, sapendo che il Centro è l'unico attrezzato con tutto ciò che serve per affrontare ogni complicazione di Ebola. Spesso, purtroppo, i malati ci vengono riferiti quando ormai ci sono poche speranze.

Nessuno si è scusato per le falsità e gli attacchi ingiusti. È altrettanto grave che non si siano riconosciuti gli errori fatti, anche in buona fede, che hanno impedito di bloccare l'epidemia all'inizio e di contrastarla efficacemente poi. Anche questa di Ebola è una storia che, se non è ben raccontata e compresa, si vendica.

Sembra che si stia fermando da sola, come obbedendo a un orologio interno dell'epidemia che ha una vita propria: nasce, cresce e muore. In Sierra Leone abbiamo cominciato a vedere il calo due mesi dopo la Liberia, ma qui anche l'esplosione del virus era arrivata con due mesi di ritardo.

E nessuno ancora oggi può dire se il calo a cui stiamo assistendo è definitivo o se potranno esserci altre oscillazioni. In questa partita a scacchi, la mossa successiva di Ebola è arrivata sempre inaspettata.

"Qual è l'incognita mancante nelle equazioni degli epidemiologi, che hanno sbagliato tutte le valutazioni e le previsioni? Peggio degli economisti durante le crisi finanziarie."

"Potrebbe essere l'epidemia sotterranea, nel bene e nel male. Quella che non si vede sui tabulati e i data base, ma si può solo intuire andando in giro per il paese, soprattutto nelle zone rurali e nella foresta." Il virus ha trovato il modo di diffondersi per vie segrete, grazie all'incredulità e alla diffidenza di ampi strati della popolazione; all'ostilità verso un'organizzazione dello stato corrotta e inefficiente; alla sottostima dei casi e dei morti per convenienza politica; al silenzio e all'inerzia delle istituzioni internazionali, Oms in testa. Malati nascosti in casa, funerali clandestini, casi non diagnosticati o non riportati, morti celate sono stati per Ebola come altrettanti falsi passaporti per scavalcare le frontiere e conquistare di nascosto villaggio dopo villaggio, comunità dopo comunità, città dopo città.

"Certo, se avessimo dovuto aspettare i governi e le istituzioni, i finanziamenti e gli eserciti... Ricordi la nostra prima visita a Waterloo?" Mentre ripercorriamo questi mesi terribili, seduti al tavolo di casa, la sera, abbiamo la percezione netta di quanto sia destinata a restare invisibile, per chi sta alla scrivania, magari in Occidente, l'azione capillare condotta da quel piccolo esercito di volontari che si sono rimboccati le maniche senza chiedere il permesso. E quanto sia stato fondamentale il fatto che fossero presenti sul campo già da tempo. La società africana è molto complessa e articolata, difficile da penetrare per noi occidentali. Si intrecciano appartenenze a religioni, credenze, movimenti, tradizioni, comunità, persino società segrete, di antica origine. Le autorità e le leggi si sovrappongono, senza che nessuna possa mai completamente prevalere sulle altre.

In questo magma, l'esplosione dell'epidemia in estate, con i malati che morivano per strada senza che nessuno potesse soccorrerli, ha provocato reazioni di segno opposto, soprattutto tra i giovani.

Una di rifiuto. Vi sono stati episodi violenti e scontri con morti, come per esempio in occasione della quarantena forzata imposta allo slum di West Point, disperato sobborgo di Monrovia, in Liberia; o come le aggressioni nelle zone più remote contro chi, vestito da palombaro e armato di spruzzatori di candeggina, si avvicinava ai villaggi per scovare i malati o seppellire i morti.

La reazione opposta è stata l'assunzione di responsabilità.

"Come abbiamo visto a Waterloo, molti giovani, spesso istruiti e sotto la guida di anziani autorevoli, hanno preso in mano l'emergenza, facendo tutto quello che potevano fare. Ti ricordi i check-point fatti con lo spago?"

E le collette per comprare i contenitori di candeggina e, se possibile, i termometri. E le squadre di volontari che andavano di casa in casa a cercare i malati e i morti, mantenendo una "contabilità" che nessuno raccoglieva e cercando di convincere i contagiati a restare in quarantena. E i più informati che scaricavano le notizie da internet e le distribuivano per fare un minimo di educazione sanitaria ovunque possibile. I sacchetti di plastica usati come "protezione personale per le mani" in stile africano. I miracoli che sono riuscite a ottenere queste persone inserite nel loro ambiente, forti della fiducia dei loro compaesani.

"I ragazzi di Parker Paint..."

Una delle nostre storie preferite è quella di questo drappello di ragazzi che, in un sobborgo di Monrovia, sono riusciti a far argine all'epidemia, che infuriava nelle quattro baraccopoli circostanti, limitando il contagio a un singolo caso, grazie a una quarantena imposta a tutti quelli che rientravano dopo aver soggiornato altrove. Non sempre le cose sono andate così bene. Nella zona di Waterloo per esempio la buona volontà non è bastata: nonostante la mobilitazione della comunità di Kissy Town, quando siamo arrivati c'erano ancora cinque nuovi casi ogni giorno. Dopo due mesi di lavoro insieme, con le squadre di volontari che abbiamo formato per occuparsi della sorveglianza sanitaria all'interno della comunità, e con l'isolamento e il trasferimento tempestivo dei casi sospetti verso il nostro Centro, siamo riusciti ad arrivare a zero. Nelle prossime settimane i volontari si occuperanno della decontaminazione del posto di primo soccorso, che potrà tornare a essere una scuola.

Chi ricostruirà, ora, e come? È difficile essere ottimisti al punto di pensare che cambi spontaneamente l'atteggiamento insieme rapace ed emarginante che possiamo definire neocolonialismo. Ci sarà una nuova resistenza da parte di quell'embrione di democrazia diretta che si è espressa nella lotta contro Ebola? E quali risultati potrà ottenere?

In ogni caso, come dopo ogni guerra, gli equilibri non saranno più gli stessi, e questa epidemia sarà per l'Africa intera un evento di svolta.

"Ci siamo sentiti tutti newyorchesi nel 2001, e tutti 'Charlie Hebdo' poco tempo fa: perché non ci consideriamo tutti sierraleonesi o liberiani?"

"Perché da una parte c'è ancora l'uomo bianco e dall'altra c'è ancora l'uomo nero." Questa risposta cade sul tavolo quasi con fragore, e tutti vorremmo poter pensare che è cinica e sbagliata, ma purtroppo non lo è. "Perché quella balorda idea che è l'idea di razza vive ancora."

Eppure tutti gli Ebola fighters intervistati in patria dicono immancabilmente di voler tornare in Africa, appena possibile. Chi ha toccato la realtà del mondo come è davvero, è stato esposto a una esperienza così forte che è difficile farne a meno. Anche Fabrizio ha confermato che il rientro in patria produce un effetto di straniamento, come se ci si reinserisse in un reality, in una bolla d'irresponsabilità con i fondali finti.

Dove sta andando Ebola ora? Torna nella foresta coi pipistrelli, negli alberi cavi e nelle grotte, in attesa di migrare con loro, in chissà quale nuova direzione, per riemergere all'improvviso e coglierci ancora una volta impreparati?

Oppure il salto dall'animale all'uomo questa volta è stato così diffuso e profondo che il virus può evitare una ritirata completa dalla nostra specie? Può rimanere con casi sporadici e piccoli focolai, forse facili da spegnere uno per uno, ma impossibili da estinguere completamente. È questa la prospettiva di un Ebola che diventa endemico, come la malaria e l'Aids, e costituisce un pericolo costante contro cui non ci si può difendere, almeno fino a quando non ci sarà un vaccino accessibile a tutti.

"Vuoi vedere che alla fine questa guerra la vinceranno i cinesi, disposti a mandare qui piccoli eserciti di neoschiavi orientali, per depredare i discendenti degli schiavi africani?" Noi occidentali lasceremo fare a loro il lavoro sporco e pericoloso, sapendo che comunque le risorse depredate, prima o dopo, arriveranno soprattutto a noi, per consentirci di restare nella bolla di privilegio e di incoscienza che è la nostra realtà quotidiana.

Ma così l'Occidente si allontanerebbe ancora di più, magari facendo di tutta l'Africa un fascio. Anche se Roma, Berlino o Londra distano da Freetown meno di Nairobi o Addis Abeba.

Epilogo

Quando a settembre 2014 abbiamo iniziato, con molta fatica e suscitando spesso polemiche nel mondo degli esperti, a disegnare il "nostro" approccio all'Ebola, ci siamo concentrati sulla *necessità* primaria di curare i pazienti, di fornire loro una medicina di qualità, anche in quelle condizioni, anche da dentro quegli scafandri opprimenti. Non è stato facile. A Lakka ci sono cinque tende nella Zona rossa dove si entra solo con la protezione totale: tuta con cappuccio, due paia di guanti, mascherina, elmetto con visiera di plastica. Lakka è nato come centro di isolamento per casi sospetti. Molti di loro, tuttavia, hanno l'Ebola in faccia, negli occhi e nello sguardo, e non vi sono strutture sanitarie dove trasferire i casi confermati. Dobbiamo riuscire a curarli lì, in quel posto triste, deprimente, reti e tende, null'altro.

Quelli che in Emergency chiamiamo logisti, quelli che risolvono tutti i problemi, fanno il miracolo: acqua e candeggina in abbondanza, ed elettricità sufficiente per far funzionare i condizionatori d'aria all'interno delle tende, procedure di igiene e disinfezione, definizione di percorsi sicuri all'interno e molto altro. Per la fine di settembre siamo pronti, metà del centro è trasformato in zona di trattamento: possiamo iniziare a curare i malati.

Nel frattempo la cooperazione inglese propone a Emergency di gestire uno dei nuovi centri di trattamento da cento posti letto, che sta realizzando per il governo della Sierra Leone con l'apporto dei Royal Engineers, tecnici e ingegneri militari. Finalmente qualcosa si muove, avremo un vero ospedale. A fine ottobre si inizia a scavare, lavoriamo fianco a fianco con i militari britannici, definiamo insieme le strutture che ci servono e le loro caratteristiche: non solo tende gonfiabili, ma anche ambienti in muratura, a cominciare dalla terapia intensiva, che da subito ci è parsa indispensabile per la cura dei casi più gravi.

Centinaia di persone lavorano giorno e notte, e il nuovo Centro di Emergency, chiamato ETC (Ebola Treatment Centre), sarà finito ed equipaggiato entro metà dicembre. Sei settimane per trasformare un campo da calcio in un ospedale che all'ingresso ha una grande palma, e piantine con i fiori anche nella Zona rossa. Lì dentro si potrà curare.

È la prima volta, non solo per Emergency. È la prima volta che la medicina clinica si confronta su larga scala con la malattia di Ebola. Nelle epidemie degli anni passati perlopiù erano stati coinvolti epidemiologi, virologi, infettivologi ed esperti di salute pubblica, per elaborare strategie di contenimento e di controllo. Adesso invece anche i "medici" possono avere un ruolo importante, hanno la possibilità di guardare in faccia i malati, non più solo l'epidemia. Ci troviamo di fronte a una malattia sconosciuta, proteiforme, difficile da capire e da studiare.

"Di questi tempi su Ebola pubblicano un sacco di spazzatura," mi ha detto un medico dell'Oms. Credo avesse ragione: ho letto articoli scientificamente indecenti pubblicati su prestigiose riviste di medicina. Come si può pensare di descrivere accuratamente una malattia, se il malato viene osservato solo per pochissimi minuti al giorno? Come si può pianificare una terapia di supporto se non si visita il paziente, se non si fanno esami di laboratorio, se non ci si dota delle apparecchiature necessarie alla diagnosi e alla cura? Come possiamo iniziare a "capire" la malattia di Ebola, a curare chi ne viene colpito, se non a contatto con i pazienti?

Già, il "contatto" con l'ammalato di Ebola e il conseguente rischio di infettarsi sono un deterrente formidabile, un ostacolo difficile, forse impossibile da superare. Ma certamente non aiuta, anzi è paralizzante, fare della protezione del personale la priorità assoluta. Né serve inventare una nuova e impossibile medicina "a distanza": l'approccio proposto e purtroppo praticato da molti, anche se contrabbandato come modello razionale di gestione clinica del paziente, in fondo riflette solo questa paura che spinge gli operatori sanitari a "minimizzare" le cure per esporsi di meno. Paura comprensibilissima se manifestata dal personale sanitario della Sierra Leone: circa il 10 per cento dei medici e infermieri nazionali è morto durante questa epidemia. Molti, troppi, si sono trovati a lungo in prima linea, del tutto impreparati e senza protezione, nell'indifferenza internazionale.

Diverso, però, è sentire parlare di questa "paura del contatto" dai tanti esperti che da tutto il mondo sono arrivati in Africa occidentale, con il loro bagaglio di mezzi, conoscenze e tecnologia.

Il rischio si può minimizzare ma la sicurezza assoluta è un sogno, qualche rischio resta sempre e bisogna in qualche modo imparare a conviverci. Appartiene al lavoro del medico come a quello del pompiere, o di molti altri lavoratori. Dovremmo piuttosto sforzarci di controllarlo sempre meglio, sottoponendo a revisione costante le tante procedure di sicurezza e di protezione. Bisogna trovare il modo di praticare la medicina anche in quel contesto, perché non è eticamente accettabile negare ai pazienti cure possibili, anche se solamente "di supporto", al fine di diminuire il rischio per il personale. Per due mesi, in riunioni frequentissime quanto estenuanti, si è discusso per definire le nuove linee guida di trattamento dell'Oms. Abbiamo insistito molto e faticato a convincere alcuni, ma alla fine è stato deciso di inserire le infusioni endovenose negli standard minimi di trattamento raccomandati. Era ora: non più "prohibited" per qualcuno, ma "recommended" dall'Oms.

Nel frattempo l'epidemia avanza, dilaga a Freetown. In Sierra Leone si registrano cento nuovi casi al giorno. Il paese si popola di esperti da tutto il mondo, arrivano professori di università europee e americane, alcuni di loro consulenti dell'Oms o dei CDC di Atlanta, o di organizzazioni umanitarie. Arrivano medici inglesi, norvegesi, francesi, coreani, australiani, cubani, sudafricani... Non sono più i tempi del "no touch care", nessuno usa più quella espressione, eppure ho la sensazione di assistere a una grande sconfitta della medicina. Anziché impegnarsi per migliorare le cure possibili, per assistere al meglio i malati, la "comunità scientifica" internazionale ripropone lo stesso approccio in forma più moderna. Un rappresentante di una delle più prestigiose università americane presenta una tecnologia video e di trasmissione dati che a suo dire "avrebbe il grande vantaggio che i medici possono seguire i pazienti stando fuori dalla Zona rossa". Qui siamo al delirio totale. Evidentemente nelle università non si insegna più il ruolo e la straordinaria efficacia, anche in termini di risultati clinici, del rapporto medico-paziente. Rompere quel rapporto segnerebbe la fine della medicina curativa. Anche la malattia di Ebola ce ne fornisce un chiaro esempio. Un medico che seguisse "da fuori" l'andamento clinico del paziente non avrebbe alcuna possibilità di intervenire all'insorgere di una complicanza acuta. Ci vorrebbero almeno venti minuti per indossare un PPE e intervenire sul paziente. Risultato finale: più morti.

Nelle riunioni di coordinamento non si vede lo sforzo per migliorare, da subito, il livello di cura possibile nei diversi centri di trattamento. Forse in attesa del farmaco miracoloso. Così la medicina ha perso una grande occasione scientifica per capire questa malattia, per poterla curare almeno in futuro.

Poi scoppia un'altra epidemia, quella del panico da Ebola. Scoppia in Europa e negli Stati Uniti. Bastano pochi pazienti, perlopiù trasferiti dopo essere stati contagiati in Africa, per evocare la pandemia dell'Aids, anzi peggio, perché Ebola uccide molto più in fretta. In Italia i soliti cretini a caccia di gloria e di voti già farneticano di chiudere le frontiere, fare pattugliamenti navali per controllare i barconi degli immigrati, rafforzare strutture di isolamento per contenere una possibile epidemia. Venticinque pazienti sono stati trattati in Europa e negli Stati Uniti, perlopiù si tratta di staff internazionale trasferito dall'Africa, e quattro ammalati su cinque sono guariti, un tasso di mortalità del 20 per cento. In Africa, invece, la stessa malattia sta uccidendo almeno due persone su tre. È difficile fare considerazioni scientifiche, e trarre conclusioni dall'analisi di pochi casi può essere fuorviante, ma questa impressionante differenza di mortalità in qualche modo mette a nudo contraddizioni spesso censurate nella medicina. La stessa malattia uccide in misura diversa, "seleziona" tra i ricchi e i poveri.

Perché?

A qualcuno dei medici che hanno curato pazienti in Occidente è mai venuto in mente che somministrare liquidi in vena fosse "proibito"? Assolutamente no. Così pazienti affetti dalla stessa malattia sono stati curati in modo diverso, molto diverso.

È dovuto, si dice, alla "mancanza di risorse" in Africa. Non è vero: quella è piuttosto la scusa ufficiale, un vecchio e sgradevole ritornello. Le risorse ci sono. Ci sono quelle economiche, centinaia di milioni di euro sono arrivati in Sierra Leone (un po' per la verità – a oggi si parla di sei milioni – sono finiti nelle tasche di funzionari governativi, soprattutto del ministero della Sanità), e sarebbero più che sufficienti per garantire una risposta medica di eccellenza. Le risorse umane e professionali, e quelle tecnologiche, per gestire strutture di cura si cercano, se non si possiedono. Emergency per esempio ha realizzato una unità di terapia intensiva di ventiquattro letti, purtroppo l'unica in Africa occidentale, in soli tre mesi e a un costo di poco superiore ai trecentomila euro.

L'esperienza degli ospedali europei e americani ha dimostrato l'importanza e l'efficacia della cura di supporto ai malati di Ebola. In fondo quello che conta in questa malattia, al di là della incerta efficacia e sicurezza dei nuovi farmaci sperimentali, è "guadagnare tempo per il paziente", perché il suo corpo possa sviluppare le difese contro il virus. Se si riesce a tenere in vita il paziente, a *curarlo* anche solo per una settimana, probabilmente riuscirà a farcela. La cosa non è sorprendente, la guarigione grazie a una terapia di supporto è esperienza quotidiana in medicina.

Questo è stato lo standard di cura occidentale, praticato nei paesi ricchi. Ben diverso dal modello "africano" che ho sentito proporre e difendere. Mi ha sempre disturbato molto la medicina che divide, che dispensa le sue risorse in modo diseguale, in questo caso una forma di medicina discriminante applicata su scala internazionale ai cittadini di prima e di seconda classe: io sì tu no, medicina di classe.

Quando ero studente ho avuto il privilegio di conoscere e ascoltare il grande maestro di etica e medicina Giulio Alfredo Maccacaro: "Non si insegna, non si divulga e quindi non si sa" scriveva all'inizio degli anni settanta "che la vita media non usava distinguere per classi sociali fino all'inizio della rivoluzione industriale: è con questa che la morte e la malattia imparano a discriminare sempre più severamente e attentamente, entro una stessa collettività, tra ricchi e poveri... ci si ammala e si muore di classe, come sulla tragica tolda del *Titanic*".

Nel suo libro *A night to remember* pubblicato più di cinquant'anni fa, Walter Lord racconta la tragedia di quel transatlantico di lusso, inaffondabile.

Il *Titanic* andò a cozzare contro un iceberg durante il viaggio inaugurale, nel 1912. In quella catastrofe, la classe sociale di ciascun passeggero fu uno dei fattori che determinarono se egli sarebbe annegato o sopravvissuto. La lista ufficiale delle vittime dimostrò che, su un totale di 143 viaggiatrici di prima classe, solo quattro perirono (delle quali tre avevano scelto volontariamente di rimanere sulla nave). Fra le viaggiatrici della seconda classe, le vittime furono 15 su 93 e nella terza classe 81 donne su 179 affondarono con la nave. I passeggeri della terza classe ricevettero l'ordine di rimanere sottocoperta e in alcuni casi l'ordine fu fatto eseguire sotto la minaccia delle armi.

Lo stesso destino dei malati di Ebola, nei paesi ricchi o in Africa.

Siamo tutti consapevoli che non esiste ancora una terapia specifica per l'Ebola, ma "una cura" è stata possibile "outside Africa", e ha guarito l'80 per cento dei pazienti. E allora perché non si è fatto di tutto per renderla disponibile anche "inside Africa", per esempio in Sierra Leone?

"Eh, cure più complesse vanno valutate attentamente, bisogna considerare il contesto..." si sente noiosamente ripetere a ogni meeting, ennesima scusa per continuare a fornire una medicina "per i poveri". Conosciamo il contesto dell'Africa e della Sierra Leone, dove lavoriamo da quattordici anni. Ma non siamo qui per giustificarlo, quanto per aiutare a cambiarlo, a migliorare. Essere "adatti" a questo contesto non mi pare una virtù, tantomeno un obiettivo da raggiungere.

L'etica medica di Emergency non contempla cure scadenti (e per di più a pagamento) in ospedali lerci e maleodoranti, né pazienti riversi nei letti nell'indifferenza dei medici, impegnati a fare soldi altrove, nelle loro cliniche private. Tantomeno contempla il rubare i soldi degli aiuti, o il dispensare una medicina iniqua. Vorremmo proprio che sparisse un tale contesto.

È vero, anche da noi in Italia i cittadini fanno sempre più fatica a ricevere cure adeguate, la medicina non è più strumento per garantire la salute pubblica, sempre più spesso è un "bene" o una merce disponibile a chi può permettersela. Una casta di delinquenti sociali ha trasformato gli ospedali in aziende – e le cure dipendono ora dai budget e dagli interessi dell'industria, non più dai bisogni e dalle sofferenze delle persone – e ha creato una medicina del profitto dove anche la "cosa pubblica" è diventata privata, in tutti i sensi. Privata anche di ogni dignità e di ogni morale. È vero che la medicina nel mondo non si vergogna più di praticare l'ingiustizia, ma vederselo davanti qui, in Africa, nel mezzo di una epidemia devastante, fa ancora più male.

Così questa epidemia di Ebola ha fatto emergere tutti i limiti degli interventi umanitari in campo medico, la loro miseria etica e scientifica. Qui si è dispiegata appieno la filosofia che ha guidato negli anni il lavoro di molte organizzazioni umanitarie: si va nel "terzo mondo" a portare una medicina elementare, pochi farmaci, strumenti diagnostici scarsi o assenti, personale non sufficientemente qualificato, nessuna attenzione all'adeguatezza delle strutture... Nel terzo mondo si porta, insomma, "una medicina da terzo mondo". Un po' come i vestiti di seconda mano.

Anni fa, per festeggiare la cinquantacinquesima edizione, un famoso festival canoro ha promosso una raccolta fondi per la costruzione di un ospedale in Sudan, precisamente in Darfur. L'ospedale fu chiamato, chissà perché, Avamposto 55.

Tempo dopo uno scrupoloso e onesto giornalista fa un reportage sull'ospedale, che doveva essere uno dei tanti fiori all'occhiello della cooperazione italiana (e che oggi è invece una clinica privata gestita da turchi...). La cinepresa si sofferma sul giardino. Affacciata sul prato c'è una porta tipo saloon del vecchio West: da lì si accede alla sala operatoria. Incredulo, il giornalista ne chiede conto alla infermiera responsabile, italiana. E riceve la più semplice e la più "vera" delle motivazioni: "Mah, sa, siamo in Africa!". Esattamente. La "nostra" e la "loro" medicina, anzi quella che *noi* forniamo loro.

C'è chi giudicherebbe un simile approccio colonialista, forse anche razzista, e chi più semplicemente si limiterebbe a sottolinearne il dilettantismo, la profonda ignoranza, l'indifferenza per la vita altrui.

A me sembra che quel "siamo in Africa" sancisca consapevolmente l'accettazione di una medicina ingiusta. Il doppio standard ha accompagnato tutta questa tragedia di Ebola, e ha palesato ancora una volta la negazione della eguaglianza degli esseri umani di fronte alla malattia. Gli strumenti a disposizione per salvare una vita, pochi o tanti, efficaci o incerti che siano, non sono stati condivisi, resi disponibili a tutti.

Anni addietro in Emergency ci siamo chiesti su quali principi e su quali valori fondare il nostro lavoro, le cure che offriamo ai nostri pazienti. Abbiamo riflettuto sulla medicina come possibile strumento di costruzione di diritti umani, anzi del diritto primario alla vita. Un legame, quello tra medicina e diritti umani, consolidatosi nella nostra pratica di cura delle vittime di ogni violenza – dalle mine antiuomo alla povertà disumana.

La nostra pratica quotidiana ci ha insegnato che la costruzione dei diritti è l'unico antidoto possibile alla guerra e all'ingiustizia, e che la cura, se vuole essere diritto altrui e non "carità" nostra, deve fondarsi sul rispetto di alcuni principi universali. Ne abbiamo discusso anche con le autorità sanitarie di molti paesi africani, e insieme abbiamo concordato un documento, il *Manifesto per una medicina basata sui diritti umani* che identifica nell'eguaglianza, nella qualità e nella responsabilità sociale i presupposti per lo sviluppo della medicina.

Nel rispetto di quel manifesto abbiamo lavorato durante tutta questa epidemia per mettere a disposizione dei pazienti africani, un passo dopo l'altro, una terapia intensiva, un'assistenza clinica continuativa e non sporadica, un luogo il più possibile ospitale. Per riaffermare il diritto universale, cioè di tutti, a essere curati secondo scienza e coscienza, da esseri umani nati "liberi ed eguali" in dignità e diritti.

Gino Strada

Freetown, 8 aprile 2015

Appendice

Ebola e i virus

Si nascondono in caverne e foreste tropicali oppure nei mercati del bestiame asiatici e sono abili a sfuggire ai controlli negli aeroporti occidentali. Emergono e colpiscono senza preavviso, spesso ci si accorge tardi dei loro attacchi e continuano a fare danni finché, a un certo punto, non se ne sente più parlare. Non sono stati sconfitti, né l'interesse mediatico ha trovato altro cui aggrapparsi. No, sono semplicemente tornati nei loro nascondigli, dai quali un domani potrebbero emergere ancora.

Non stiamo parlando di guerriglieri ma di virus, in particolare di quei virus presenti negli animali che, a un certo punto della loro storia evolutiva, passano a una nuova specie. Accade più spesso di quanto si pensi ed è proprio un percorso di questo tipo che ci ha portato Ebola. Il termine tecnico è *zoonosi*: una malattia infettiva che si trasmette da un animale all'uomo. La storia umana è piena di simili patologie e molte di esse – fra le quali le più letali, come la famigerata influenza spagnola che fra il 1918 e il 1920 uccise decine di milioni di persone – sono causate da virus.

Anche Ebola è un virus. Un *filovirus*, per la precisione, cioè un virus di forma allungata composto da un involucro di proteine che avvolge un singolo filamento di Rna: una stringa in codice, molto simile al Dna, divisa in solo sette geni che contengono tutte le istruzioni per riassemblare lo stesso oggetto infinite volte, nelle cellule di vari animali. Riproducendosi in cellule di primati, compreso l'uomo, il virus provoca febbri e altri guasti con esito spesso letale.

Per fortuna, la letalità di Ebola è compensata dalla sua bassa trasmissibilità. Il contagio, infatti, avviene solo tramite contatto diretto con fluidi organici di una persona infetta che stia già manifestando i sintomi della malattia. Se Ebola si diffondesse come l'influenza, i morti sarebbero molti di più dei quasi 10.000 confermati a febbraio 2015. Da quando è stato identificato, Ebola ha colpito già diverse volte in Africa, infettando da qualche decina a qualche centinaio di persone e uccidendone in media più della metà, per poi sparire. Dove andava? Il fatto è che, come molti altri virus, albergava già in altri animali e quindi, una volta esauritosi il focolaio nell'uomo, continuava a esistere ma da un'altra parte, invisibile a noi. In alcuni di questi animali, per esempio i primati, causa infezioni che possono essere letali, in altri no.

Ritorniamo per un attimo alla similitudine fra virus e guerriglieri. È indubbiamente efficace dal punto di vista comunicativo, ma è parecchio fuorviante. Per due motivi. Il primo è che si attribuisce ai virus un'intenzionalità che essi non hanno, poiché questo loro comportamento non deriva da strategie elaborate con un fine ma è la conseguenza di milioni di anni di cieca evoluzione. I ricercatori sanno bene che vedere fini e intenzioni in natura è un'operazione che ha poco di scientifico, ma è innegabile che i virus vengano visti soprattutto come i responsabili di alcune tra le peggiori malattie che affliggono l'uomo. Considerarli solo come agenti patogeni, però, rischia di essere un atteggiamento molto antropocentrico e, come ci dimostra la storia delle zoonosi, probabilmente sbagliato. E questo è il secondo motivo per cui la metafora dei guerriglieri ci porta fuori strada: presuppone che i virus siano sempre e comunque dannosi, in quanto responsabili di qualche malattia. Il che non è necessariamente vero.

La storia evolutiva dei virus è antica e molto difficile da ricostruire, dal momento che non lasciano fossili. La nostra, al contrario, è molto recente. Essendo più vecchie di noi, molte specie animali hanno incontrato i virus già da parecchio tempo e, nel corso dell'evoluzione, potrebbero aver sviluppato meccanismi che impediscono loro di provocare una malattia, senza però distruggerli. Al tempo stesso, è anche possibile che un ceppo di virus si sia evoluto in modo da convivere pacificamente con l'animale ospite.

Quando un virus passa da una specie con cui, in un modo o nell'altro, coesiste a una nuova, possono accadere diverse cose: nel nuovo habitat, il virus può infatti venir neutralizzato dalle difese dell'organismo, oppure può riprodursi senza causare danni, o ancora può non essere in grado di penetrare nelle cellule come faceva nell'ospite naturale. Qui però entra in gioco l'evoluzione: grazie al processo di mutazione e selezione naturale, è possibile che un virus acquisti la capacità di riprodursi con successo in un nuovo ospite, col quale però non ha avuto una lunga e consolidata coevoluzione. È quindi molto probabile che il primo incontro fra queste due entità biologiche finisca con l'essere dannoso, se non addirittura letale, per una delle due. Quando siamo noi a subire il danno allora parliamo di malattia, ma dei tanti altri casi in cui o non succede nulla o è il virus ad avere la peggio potremmo anche non accorgercene.

Ma cosa sono i virus? In latino, questa parola ha diversi significati, tutti negativi e che ruotano intorno al concetto di veleno. Il termine è stato usato per descrivere la causa di una malattia infettiva nella prima metà del XVIII secolo ma la scoperta dei virus è stata compiuta oltre centocinquant'anni dopo e solo nel 1931, grazie al microscopio elettronico, è stato possibile vederli. I batteri, di contro, erano già noti da quasi tre secoli.

Le ridotte dimensioni sono solo una delle caratteristiche dei virus e non certo la più sorprendente. È la loro stessa natura a essere sfuggente, soprattutto all'interno delle etichette che abbiamo scelto di usare per descrivere il mondo naturale. Un'etichetta in particolare è di difficile utilizzo ed è quella di "essere vivente". Sono tali i virus? Sebbene abbiano un genoma, sono privi di una struttura cellulare e quindi anche degli enzimi necessari per replicarsi. Per moltiplicarsi devono introdursi in una cellula e sfruttare le sue macchine molecolari, e per questo vengono definiti "parassiti intracellulari obbligati". Dunque: sono in grado di riprodursi, anche se non autonomamente, e – come vedremo – sono anche molto bravi ad adattarsi all'ambiente circostante; però non hanno una struttura, né un metabolismo, né un'omeostasi e non sono in grado di crescere. Sono vivi oppure no? Una domanda, questa, sulla quale la comunità scientifica tuttora discute. Nel 1990, in un articolo che ne trattava la difficoltà di classificazione, il microbiologo Edward Rybicki definì i virus "organismi sul margine della vita". "Dovremmo classificare i virus secondo la stessa struttura gerarchica di specie, generi e famiglie?" si chiedeva lo studioso. Probabilmente no, concludeva, "poiché non si possono imporre gerarchie rigide a organismi che – dal punto di vista evolutivo – sembrano essere stati piuttosto promiscui nel condividere le loro caratteristiche".

Proprio la loro estrema semplicità – un breve filamento di Dna o Rna avvolto in una capsula proteica chiamata *capside* – rende i virus estremamente flessibili e adattabili. Mutano velocemente, soprattutto quelli a Rna, fattore che aumenta la probabilità di sviluppare un tratto vantaggioso, come la resistenza a un farmaco o una migliore capacità di introdursi in una cellula per riprodursi, e probabilmente ciò li rende l'entità biologica con il maggior tasso di biodiversità su questo pianeta. Il numero di virus stimato sulla Terra è un dieci seguito da trentuno zeri: è difficile coglierne l'enormità, ma basti pensare che il miliardo – una quantità che consideriamo ragguardevole – di zeri ne ha solo nove. Come se non bastasse, i virus sono anche in grado di scambiare materiale genetico, sia tra loro sia integrando parte del loro genoma in quello delle cellule ospiti. Questo processo si chiama "trasferimento genico orizzontale" e sembra aver giocato un ruolo di primo piano fin dalle prime fasi dell'evoluzione e diversificazione della vita.

I virus si stanno quindi rivelando sempre più complessi da comprendere, forse anche perché a volte li concepiamo in maniera sbagliata. Quanto sono vita autonoma e quanto invece pezzi di materiale genetico che vanno e vengono tra cellule, individui e specie, in un incessante traffico che solo raramente produce incidenti, come le malattie o peggio le epidemie?

La PCR

Non tutte le persone che arrivano negli ospedali della Sierra Leone, della Liberia o della Guinea lamentando febbre, nausea e mal di testa sono state infettate dal virus Ebola. Molti, per esempio, potrebbero avere la malaria, che ha sintomi simili e in questi paesi ha colpito più di tre milioni di persone nell'ultimo anno. Individuare prontamente gli infettati è fondamentale, sia per tentare di salvare il singolo individuo ammalato, sia per contenere la diffusione del virus. Altrettanto importante è capire quando una persona ha finalmente sconfitto la malattia. La soluzione migliore in entrambi i casi è una sola: cercare il virus nel loro organismo. Il che significa individuare minuscole entità formate da un solo pezzettino di codice genetico e da un guscio che lo racchiude, all'interno di un campione di sangue colmo di migliaia di cellule di vario tipo. Il proverbiale ago nel pagliaio. Difficile anche solo immaginare di affrontare un simile compito senza uno strumento come la PCR.

"La biologia è virtualmente divisa in due epoche: quella prima e quella dopo la PCR." Con queste parole, nel 1998, Nicholas Wade riassunse sul "New York Times" l'importanza della reazione a catena della polimerasi – la PCR, appunto – nella moderna ricerca biologica.

Il 1983 è a cavallo fra queste due epoche. Nel maggio di quell'anno, uno stravagante biochimico americano sulla quarantina, amante del surf, delle donne e dell'Lsd, stava guidando sulla Highway 128 in direzione della Anderson Valley, in California. Il suo nome era Kary Mullis e, benché fosse in viaggio per un weekend di relax con la sua collega e compagna, non riusciva a non pensare al lavoro. Era stato assunto quattro anni prima dalla Cetus, una delle prime aziende di biotecnologia, e il Dna era spesso al centro dei suoi pensieri. Dieci anni dopo, Mullis ricordò quel viaggio come quello in cui ebbe l'ispirazione che avrebbe portato alla PCR. Era a Stoccolma e stava ricevendo il Nobel per la chimica proprio per quella invenzione.

All'inizio degli anni ottanta, due erano i principali ostacoli per chiunque volesse studiare i geni: individuarli su quella lunghissima catena di codice che è il Dna e averne in quantità sufficiente per poterci lavorare. In quel venerdì sera del maggio 1983, Mullis ebbe l'idea per risolverli entrambi.

Il Dna è composto da due catene, una delle quali funziona come stampo per ricostruire l'altra. Ciò avviene in natura grazie a un enzima chiamato *polimerasi*, che si attacca al Dna e, muovendosi lungo una delle due catene, ne produce una nuova e complementare. Mullis però voleva replicare specifiche sequenze e per farlo pensò di usare due inneschi, che dicessero alla polimerasi dove iniziare a copiare e dove smettere. Un po' come mettere due segnalibri per delimitare le pagine da fotocopiare.

Per prima cosa però bisognava separare i due filamenti di Dna, il che poteva essere fatto portando la temperatura vicina ai 100 °C, per poi abbassarla in modo da consentire agli inneschi – chiamati *primer* – di attaccarsi alle singole catene. A questo punto poteva entrare in azione la polimerasi, che copiava la sequenza delimitata dai due primer. Così facendo, si sarebbe potuto risolvere il problema dell'individuazione di una specifica sequenza; per risolvere quello della scarsa quantità si poteva ripetere lo stesso ciclo, alzando e abbassando la temperatura e continuando a far lavorare la polimerasi su quella stessa, piccola sequenza. Il prodotto di ciascun ciclo diventava il materiale di partenza per il successivo (da qui il nome "reazione a catena") e, a ogni ripetizione, il numero di copie ottenute raddoppiava: due, quattro, otto e così via. Nel giro di venti cicli sarebbero state centinaia di migliaia; a trenta cicli avrebbero potuto raggiungere il miliardo.

Quando tutti i pezzi dell'idea andarono al posto giusto, Mullis fermò la macchina, prese una penna e iniziò a scrivere appunti. Il weekend era iniziato da poco e lui già non vedeva l'ora di tornare al lavoro per verificare se la sua ipotesi avrebbe funzionato. Come in seguito raccontò più volte, dentro di sé sentiva di aver scoperto il modo di trovare qualsiasi ago nel pagliaio del genoma.

Aveva ragione.

Per arrivare alla PCR come la conosciamo oggi, manca ancora un personaggio importante. Si tratta di un batterio molto particolare, chiamato *Thermus aquaticus*, Taq. È stato scoperto nel 1969 in una sorgente termale del parco di Yellowstone ed è molto resistente al calore. All'inizio sembrava una curiosità da collezionisti di farfalle, poi si è capito che tutte le molecole del batterio, e quindi anche la sua polimerasi, si sono evolute per funzionare ad alte temperature. Incluse quelle, vicine ai 100 °C, che vengono applicate durante una PCR per separare i due filamenti di Dna. Nel 1988 la Taq polimerasi entrò nel protocollo della PCR e da allora non ne è più uscita.

Grazie all'alta sensibilità di questo approccio, è possibile condurre analisi genetiche anche partendo da una minima quantità di Dna. Il che lascia intuire il motivo del suo successo. Sarebbe pressoché impossibile individuare in un campione biologico poche copie di un determinato gene, ma se prima lo si amplifica centinaia di migliaia di volte sarà poi molto più semplice scovarlo. Quindi poche tracce di Dna prelevate sulla scena di un delitto, o presenti in un piccolo campione di sangue di un malato, possono bastare per individuare geni specifici, facilitando così l'identificazione di un colpevole o di un agente infettivo.

Non a caso la prima, vera applicazione della PCR fu nei test genetici, dove dischiuse un mondo di previsioni e analisi, dall'individuazione di malattie congenite e genetiche in embrioni ai primi stadi di sviluppo alla verifica della compatibilità in caso di trapianti d'organo. Il suo ingresso nei laboratori, in combinazione con altre tecniche come il sequenziamento, il clonaggio genetico o la mappatura del Dna, rivoluzionò la ricerca nella biologia molecolare.

La PCR incarna alla perfezione l'approccio alla ricerca di questa disciplina: un processo naturale come la replicazione del Dna è stato riprodotto in laboratorio, sfruttando un enzima di un batterio resistente al calore e usando la temperatura per innescare le diverse fasi della reazione. Un concetto semplice e al tempo stesso raffinato, che rende l'idea di una disciplina fortemente tecnologica ma anche molto artigianale, che sfrutta il lavoro dell'evoluzione per ricreare innovazione: tutto è già stato inventato. Usando reagenti, coloranti ed enzimi, i biologi molecolari accendono e spengono i geni che vogliono studiare, li moltiplicano o li rendono visibili, seguendo vere e proprie ricette che vengono provate, corrette e affinate giorno dopo giorno, in un susseguirsi di tentativi ed errori. Per loro, la PCR è diventata una quotidiana compagna di viaggio, il passaggio obbligato per la maggior parte degli esperimenti.

Lo stesso accade per chi studia le malattie infettive. Non solo l'individuazione di un agente patogeno in un campione o in un organismo, ma anche la scoperta e la descrizione di nuovi ceppi di virus e batteri, il loro monitoraggio in una popolazione

– umana o animale che sia – e lo studio delle loro mutazioni non sarebbero gli stessi senza la PCR. Non sapremmo, per esempio, che il virus Hiv ci è arrivato dai gorilla e non potremmo dare la caccia all'ospite naturale nel quale Ebola si nasconde. Saremmo, insomma, molto più impreparati nel reagire alle piccole e grandi epidemie che ci colpiscono.

ZMapp e amiodarone

La guerra contro Ebola si muove su più fronti, dalla comunicazione e prevenzione al contenimento del contagio. Uno di essi è quello fondamentale della ricerca, paragonabile allo spionaggio in campo bellico; capire quali sono i punti deboli del virus, in quale animale è normalmente presente e come riesce a essere così devastante quando si scatena sono elementi fondamentali per sviluppare nuovi farmaci e poter così organizzare un'efficace controffensiva.

Anche i vaccini che si stanno sperimentando saranno utili per prevenire future epidemie, la grave situazione in cui versano ora Sierra Leone, Liberia e Guinea richiede farmaci che consentano di curare chi è già stato colpito dal letale virus. Lo ZMapp è uno di questi.

Il suo nome deriva dalla Mapp Biopharmaceutical, l'azienda farmaceutica californiana che lo produce in collaborazione con altre istituzioni, ma richiama anche un altro farmaco: lo ZMAb. Sviluppato dalla Defyrus, una compagnia fondata dall'Agenzia per la salute pubblica canadese che si occupa di biosicurezza, lo ZMAb è una miscela di tre anticorpi che si è rivelata molto efficace contro Ebola nei test eseguiti su topi, porcellini d'India e macachi.

Purtroppo l'uso di questo cocktail sull'uomo non è privo di potenziali controindicazioni: il nostro sistema immunitario potrebbe infatti riconoscere questi anticorpi come corpi estranei – quali in effetti sono – e scatenare una risposta che non solo ne vanificherebbe l'effetto, ma potrebbe anche avere ripercussioni sulla salute dell'individuo, specie se già debilitata dall'attacco di Ebola. Esiste però una soluzione, tanto ingegnosa e fantasiosa da meritarsi un nome mitologico: *la chimera*.

È infatti possibile modificare questi anticorpi sostituendo alcune loro parti, caratteristiche dell'animale da cui provengono, con altre specifiche per l'uomo. Si ottiene così la chimera, cioè una molecola ibrida di entrambe le specie che mantiene la sua efficacia ma viene percepita come umana dalle nostre difese, che quindi non reagiscono. Un trucco che i biologi molecolari conoscono bene. Seguendo questa strada, i ricercatori della Mapp hanno creato un nuovo cocktail di anticorpi chimerizzati – lo ZMapp, appunto – due dei quali provenienti dallo ZMAb.

Gli ottimi risultati ottenuti sugli animali hanno acceso molte speranze e lo ZMapp ha conquistato l'attenzione dei media, ma le dosi a disposizione si sono esaurite a ottobre e i tempi di produzione sono lunghi. Al febbraio 2015, solo cinque pazienti hanno ricevuto questo farmaco, due negli Stati Uniti e tre in Europa. Quattro sono sopravvissuti. In due casi, in assenza dello ZMapp, è stato somministrato lo ZMAb. Sette casi totali sono troppo pochi per capire se il farmaco sia veramente efficace oppure no.

Lo ZMapp è un prodotto di punta della biotecnologia moderna, ingegnerizzato per colpire un bersaglio specifico, come un'arma altamente specializzata e di estrema precisione. Ma è anche un farmaco molto costoso, difficile da produrre e ancora poco conosciuto in termini di vera efficacia e possibili effetti collaterali.

Tutto l'opposto dell'amiodarone.

Gleb von Anrep era un medico russo, studente di Pavlov ed esperto di fisiologia. Nella prima metà del Novecento, mentre lavorava al Cairo, notò che i problemi cardiaci che affliggevano un suo tecnico erano migliorati in seguito all'assunzione di un estratto di una pianta piuttosto comune nell'Africa del Nord, la khella, molto usata nella medicina popolare locale. Il principio attivo di quella pianta costituì lo spunto grazie al quale alcuni ricercatori belgi svilupparono nel 1961 l'amiodarone, che da allora fu applicato in molte terapie contro le aritmie cardiache.

Ma cosa c'entra una medicina nota per i suoi effetti sul cuore con Ebola?

L'amiodarone è un farmaco di vecchio stampo come l'aspirina o la metformina. Il suo raggio d'azione è più ampio di quello dei farmaci moderni che, come lo ZMapp, sono costruiti per svolgere una funzione molto specifica. Metteteli a confronto e uno apparirà come un veterano di lunga esperienza, in grado di svolgere diversi compiti, e l'altro come un giovane soldato iperspecializzato, addestrato per eccellere in un singolo compito ma meno flessibile. La versatilità è una dote imprevedibile. Facilita l'adattamento ma non sempre è semplice capire se e come potrà tornare utile.

Ma facciamo un passo indietro. Come fa il virus di Ebola a entrare in una cellula? Semplice, sfruttando l'endocitosi, cioè quel meccanismo che essa usa normalmente per far entrare nella propria struttura elementi esterni di vario tipo (messaggi chimici, molecole nutritive e così via). Quando una cellula deve portare al proprio interno una determinata molecola, non fa altro che inglobarla, formando così una bolla che, una volta entrata nel corpo cellulare, viene poi aperta per liberarne il contenuto. Alcuni virus, come quelli della famiglia cui appartiene Ebola, sono in grado di infiltrarsi in queste bolle per farsi trasportare nella cellula, dove poi inizieranno a replicarsi.

Alcuni ricercatori si sono quindi chiesti se esistano farmaci già approvati dalle autorità sanitarie che siano in grado di interferire con questo processo. Invece di stimolare l'organismo a difendersi e a distruggere il virus, si cerca di impedirgli di entrare nelle cellule e, quindi, di riprodursi. L'idea è che diminuendo la quantità di virus in circolazione si potrebbe ridurre l'impatto della malattia, dando tempo all'organismo di reagire e sconfiggerla.

E qui entra in gioco l'amiodarone. Questo veterano della farmacologia si è infatti rivelato in grado di bloccare alcune delle fasi finali dell'endocitosi, il che lo ha reso un buon candidato per tentare di impedire al virus Ebola di infettare le cellule umane. Ipotesi che è stata messa alla prova e che, su cellule cresciute in laboratorio, ha avuto successo.

Resta ora da vedere se questo approccio avrà effetto anche sull'uomo e, nel caso, in quali condizioni. Entro quanto tempo dalla comparsa dei primi sintomi è utile somministrarlo? Che impatto ha sulla letalità di Ebola? Tutte domande cui solo la sperimentazione potrà rispondere. A facilitare il compito dei ricercatori c'è il fatto che pregi e difetti dell'amiodarone sono ben noti, essendo conosciuto e utilizzato da oltre cinquant'anni.

Tante e diverse sono le vie che la ricerca sta percorrendo per fronteggiare Ebola, dal nuovissimo farmaco chimera – costruito su misura – a quello di vecchia generazione – più versatile e di più ampia portata. Dal massimo al minimo della biotecnologia, in termini di costi e tecniche richieste, ZMapp e amiodarone sono lo yin e lo yang della strategia medica messa in campo per sconfiggere questa epidemia. Due diversi approcci che, chissà, potrebbero tornare utili anche contro le epidemie di domani.

Trial clinici

Nell'agosto del 2014 i morti di Ebola in Africa si contavano in termini di centinaia, invece che di migliaia. Già allora l'Oms aveva dichiarato che la situazione era critica e che quindi sarebbe stato etico usare trattamenti la cui sicurezza ed efficacia non fossero ancora state valutate sugli esseri umani. Era una presa di posizione forte, che ha riacceso il dibattito sulle procedure attraverso le quali la ricerca clinica vaglia i nuovi farmaci per capire se e quanto funzionano, e se e quanto possono fare danno.

Il nocciolo della questione riguarda un elemento basilare della ricerca clinica, e cioè l'uso dei gruppi di controllo. Prima di spiegare di cosa si tratta, però, bisogna fare un passo indietro.

Quando i ricercatori devono valutare la sicurezza e l'efficacia di un trattamento medico, la domanda fondamentale che li guida è: come possiamo essere sicuri che l'eventuale miglioramento di un paziente sia attribuibile proprio a ciò che stiamo sperimentando e non ad altri fattori? In altre parole, cosa sarebbe successo se a quel malato non avessimo dato quel determinato rimedio? Sarebbe migliorato oppure no? Sarebbe guarito o no? Sarebbe sopravvissuto o no? Non si tratta di domande teoriche; può accadere che un farmaco non abbia influenza sulle condizioni di un paziente, il cui miglioramento potrebbe essere dovuto ad altre cure concomitanti o a una spontanea reazione dell'organismo, o ancora alla fase della malattia in cui si trova.

Per controllare l'efficacia del farmaco, occorrerebbe un alter ego del paziente, identico in tutto e per tutto tranne che per l'assunzione del farmaco stesso. Poiché questa identità non può esistere, per i singoli, il confronto si fa in genere tra due gruppi il più possibile simili: entrambi riceveranno tutte le cure mediche di nota utilità ma solo uno dei due avrà il farmaco sperimentale. Il gruppo che riceve solo le cure mediche di base viene chiamato "di controllo". Per decidere quali pazienti faranno parte del gruppo di controllo e quali no, ci si affida a un sorteggio casuale, randomizzato. Perché il caso è equo e neutrale, non fa preferenze e livella ogni distinzione, assicurando la maggiore somiglianza dei due gruppi. Chiaramente i pazienti devono essere consapevoli e d'accordo. Per entrare in uno studio clinico bisogna dare il cosiddetto consenso informato, cioè una dichiarazione con la quale si attesta di essere a conoscenza dei fatti e delle implicazioni della propria scelta.

Tutto ciò riporta al dibattito sulle procedure di ricerca clinica nel caso di Ebola.

Nell'autunno del 2014, quindi poco dopo le dichiarazioni dell'Oms, alcuni esperti hanno pubblicato un articolo su "The Lancet" per contestare il ricorso ai gruppi di controllo proprio nel caso specifico di Ebola. L'idea era che non fosse etico privare alcuni pazienti di un farmaco che, sulla carta, avrebbe potuto essere efficace, considerando che la mortalità di chi riceve le cure mediche di base raggiunge picchi del 70 per cento. Secondo gli autori dell'articolo, affidare alcuni malati alle sole terapie convenzionali significava destinarli a un trattamento che perlopiù offre benefici scarsi, se non addirittura nulli.

Ma è davvero così?

François Lamontagne è un medico del Centro di ricerca clinica di Sherbrooke, in Canada. Insieme ad altri medici americani, canadesi, inglesi e francesi è stato in prima linea contro Ebola per diversi mesi, durante i quali ha contribuito a fornire cure primarie negli ospedali e nei centri di trattamento della Sierra Leone, della Liberia e della Guinea. La lezione che questo medico e i suoi colleghi hanno tratto da queste esperienze – e che hanno raccontato in un articolo sul "New England Journal of Medicine" – è che le cure di supporto possono essere efficaci nel ridurre la mortalità dei malati di Ebola, anche in assenza dei farmaci sperimentali. Una posizione condivisa pure dalla Food and Drug Administration americana (l'istituzione che approva l'ingresso in commercio dei nuovi farmaci negli Stati Uniti), che è intervenuta nel dibattito spezzando una lancia a favore degli studi clinici con gruppi di controllo.

Si ritorna, quindi, alla fatidica domanda: cosa sarebbe successo se a quel malato non avessimo dato quel determinato farmaco? Una domanda al condizionale, contro la realtà di ciò che è già accaduto, cui la ricerca clinica cerca di dare una risposta proprio con l'uso dei gruppi di controllo, garantendo, al tempo stesso, che ogni paziente riceva il miglior trattamento possibile.

E qui si arriva a un punto tanto decisivo quanto controverso: come si fa a sapere se un trattamento è il migliore possibile? Gli studi preclinici e gli esperimenti sugli animali possono dare preziose indicazioni – senza le quali un farmaco non verrebbe neanche preso in considerazione – ma non bastano. Non bisogna quindi dare per scontato che la somministrazione di un farmaco sperimentale sia sempre e comunque la migliore opzione per un malato. È un pregiudizio diffuso quanto privo di fondamento quello che tentare una cura sperimentale è sempre e comunque meglio che non dare niente.

Non conoscendo le possibili controindicazioni di un trattamento, non è infatti da escludere che un farmaco possa peggiorare le condizioni di salute di chi già è stremato da febbre, diarrea, vomito e da tutti gli altri sintomi nell'estenuante lotta contro un virus. Ma, senza un gruppo di controllo, come si potrebbero distinguere gli effetti negativi di un farmaco dalle conseguenze dell'infezione?

Il tutto senza contare che le scorte di alcuni farmaci sperimentali, come lo ZMapp, sono molto scarse. L'uso di gruppi di controllo, in questi casi, non negherebbe un trattamento ad alcuni pazienti poiché molti di essi non lo riceverebbero comunque. Al contrario, ricorrere ai controlli consentirebbe di raccogliere dati utili sull'eventuale efficacia di questi farmaci. Trattandosi di prodotti molto onerosi, sia in termini di tempo di realizzazione, sia di risorse, sarebbe molto utile capire se vale la pena continuare a produrli.

L'alternativa? Alcuni esperti suggeriscono che si potrebbe fare un confronto indiretto, per esempio paragonando i risultati ottenuti somministrando i farmaci al momento a disposizione con i livelli di mortalità dei precedenti focolai di Ebola. Ma ogni focolaio ha la sua storia, anche quando si tratta dello stesso ceppo di virus, e in poco meno di quarant'anni sono state segnalate almeno 24 epidemie, con un numero di morti molto variabile ma comunque sempre inferiore ai 500. Nessuna di esse ha avuto l'impatto di quella attuale, che ha ormai quasi raggiunto i 23.000 casi, con quasi 10.000 morti. Per di più, né la Sierra Leone né la Guinea né la Liberia hanno mai avuto a che fare con Ebola. I più vicini fra i paesi colpiti in passato sono il Gabon e la Repubblica del Congo, che si trovano a più di duemila chilometri di distanza in linea d'aria. Paragonare questi focolai sarebbe come confrontare la resa di un campo di patate bretone con quella di un campo di prugne turco.

Di Ebola si sa ancora poco. Non si conosce l'ospite animale nel quale si sposta e si rifugia fra un'epidemia e l'altra. Non si conosce nei dettagli il modo in cui aggredisce l'organismo. Non si sa neanche a cosa siano dovute le fluttuazioni del tasso di mortalità che si riscontrano da paese a paese, da città a città, persino da quartiere a quartiere. Nei casi migliori, in Occidente, si salvano tre malati su quattro. Nei peggiori, in Africa, se ne salva solo uno. Cosa rende il virus più o meno letale? A volte queste oscillazioni dipendono dalla gravità dei malati che arrivano in diversi centri, oppure dai modi in cui vengono raccolti i dati; a volte dalle variazioni nel tipo e nell'intensità dei trattamenti medici di base condotti in contesti diversi. A volte, è solo questione del caso.

I fattori in gioco sono così tanti – età e metabolismo di ciascun malato, fase della malattia in cui si è stati ricoverati, livello delle terapie di supporto e così via – che aggiungerne un altro senza poterne verificare l'efficacia finirebbe per essere controproducente.

Distribuire farmaci alla cieca e sperare non è una condotta più etica, ma un'illusoria compassione che aggiunge incertezza laddove ce n'è già molta. E in una situazione sanitaria incerta, valutare sicurezza ed efficacia dei farmaci usando i gruppi di controllo rimane la soluzione migliore di cui la ricerca medica dispone.

Manifesto di Emergency per una medicina basata sui diritti umani

A sessant'anni dalla Dichiarazione universale dei diritti umani

A seguito del seminario internazionale "Costruire medicina in Africa. Principi e strategie" ospitato presso l'Isola di San Servolo, a Venezia, dal 14 al 15 maggio 2008, e in accordo con lo spirito e i principi della *Dichiarazione universale dei diritti umani* nella quale si afferma che:

"Tutti gli esseri umani nascono liberi ed eguali in dignità e diritti" (art. 1)

"Ogni individuo ha il diritto [...] alle cure mediche" (art. 25)

"Il riconoscimento della dignità inerente a tutti i membri della famiglia umana e dei loro diritti, uguali e inalienabili, costituisce il fondamento della libertà, della giustizia e della pace nel mondo" (Preambolo)

dichiariamo

il "diritto a essere curato" come un diritto fondamentale e inalienabile appartenente a ciascun membro della famiglia umana.

Chiediamo quindi

la creazione di sistemi sanitari e progetti dedicati esclusivamente a preservare, allungare e migliorare la vita dei pazienti e basati sui seguenti principi:

Eguaglianza

Ogni essere umano ha diritto a essere curato a prescindere dalla condizione economica e sociale, dal sesso, dall'etnia, dalla lingua, dalla religione e dalle opinioni. Le migliori cure rese possibili dal progresso e dalla scienza medica devono essere fornite equamente e senza discriminazioni a tutti i pazienti.

Qualità

Sistemi sanitari di alta qualità devono essere basati sui bisogni di tutti ed essere adeguati ai progressi della scienza medica. Non possono essere orientati, strutturati o determinati dai gruppi di potere né dalle aziende coinvolte nell'industria della salute.

Responsabilità sociale

I governi devono considerare come prioritari la salute e il benessere dei propri cittadini, e destinare a questo fine le risorse umane ed economiche necessarie. I servizi forniti dai sistemi sanitari nazionali e i progetti umanitari in campo sanitario devono essere gratuiti e accessibili a tutti.

In qualità di autorità sanitarie e organizzazioni umanitarie

riconosciamo

sistemi sanitari e progetti basati sui principi EQS (eguaglianza, qualità, responsabilità sociale) che rispettino i diritti umani, permettano lo sviluppo della scienza medica e siano efficaci nel promuovere la salute rafforzando e generando risorse umane, scientifiche e materiali.

Ci impegniamo

a realizzare e sviluppare politiche, sistemi sanitari e progetti basati sui principi EQS;

a cooperare tra di noi per identificare bisogni comuni nel settore sanitario e programmare progetti congiunti.

Facciamo appello

alle altre autorità sanitarie e alle organizzazioni umanitarie perché firmino questo *Manifesto* e si uniscano a noi nel promuovere una medicina basata sui principi EQS;

ai donatori e alla comunità internazionale perché sostengano, finanzino e partecipino alla progettazione e alla realizzazione di programmi basati sui principi EQS.

Hanno finora sottoscritto il *Manifesto*: Ciad, Egitto, Eritrea, Etiopia, Gibuti, Repubblica Democratica del Congo, Repubblica Centrafricana, Ruanda, Sierra Leone, Somalia, Sudan, Sud Sudan, Uganda.

Indice